お金は貸さないっ

「よくやった…」飾りのない言葉で引き寄せられ、なにかが胸の奥で弾ける。
堪えていた冷たい痛みが喉を押し上げ、綾瀬はくしゃりと顔を歪めた。

お金《かね》は貸《か》さないっ

篠崎一夜《しのざきひとよ》

ILLUSTRATION
香坂透《こうさかとおる》

CONTENTS

お金は貸さないっ

病気かもしれないっ

分厚《ぶあつ》い絨毯《じゅうたん》が、足音を殺す。

忘れかけていた緊張が、足元から蘇《よみがえ》ってきそうで、綾瀬雪弥《あやせゆきや》は細い指先を握りしめた。

「雨、上がったみてえだな」

肩を並べていた狩納北《かのうそむく》が、低い声で教える。

はっとして、綾瀬は琥珀《こはく》色の瞳《ひとみ》を上げた。

遙《はる》か眼下に広がる街の光が、視界へ飛び込む。ホテルの高層階《こうそうかい》から見下ろす新宿の街は、御苑《ぎょえん》の影以外、どこまでも煌《きら》びやかな人工の光に埋《う》められていた。

男が言う通り、窓の向こうには先程まで降っていた、雨の気配《けはい》はない。

冷たさを増してゆく雨の滴《しずく》が、季節の移《うつ》ろいを示す。今日は朝から天候《てんこう》が不安定で、雨が落ち出した昼過ぎには、空気までもがひやりと冷え始めていた。

深まる秋の気配とは裏腹に、街はいつもと同じ華《はな》やかな光を放ち続けている。

たった今食事をすませてきたレストランからは、これ以上に素晴らしい新宿の眺望《ちょうぼう》を楽しむことができた。

「どうした。気に入らなかったか？」

長い睫《まつげ》を伏せた綾瀬の肩を、狩納の掌《てのひら》が包み取る。

骨っぽい狩納の掌は、はっとするほど指が長く、力強い。

二十代の半ばを過ぎたばかりの若さでありながら、金融業《きんゆうぎょう》を営《いとな》み、この新宿に自ら事務所を構える男の手だ。

威圧《いあつ》感に満ちる長身も、甘さのない容貌《ようぼう》も、男を構成する全ての要素《ようそ》は、どこか暴力的な力強さにあふれている。畏《おそ》れると同時に、目が逸《そ》らせなくなるような力が、狩納を包む雰囲気《ふんいき》には備《そな》わっていた。

「い、いえっ。すごく美味《おい》しかったです。……でも俺、いつも御馳走《ごちそう》してもらってばかりで…」

常に胸に湧《わ》く罪悪《ざいあく》感に、澄んだ声音《こわね》が苦しく歪《ゆが》む。

一介《いっかい》の大学生でしかない綾瀬には、こんな瀟洒《しょうしゃ》なホテルなど、不似合いに思えて仕方がない。

「気にすんな。いい加減慣れ…」

何事かを言葉にしかけ、狩納が不意《ふい》に軽く咳《せ》き込んだ。

「か、狩納さんっ?」

さっと、綾瀬の瞳が曇《くも》る。

「も、もしかして具合悪いんですか?」

問いの深刻さに、狩納が露骨《ろこつ》に顔を歪めた。

「咳一つでそんなに驚くな。喉《のど》が少しうぜぇだけで、他はどうってことねえから」

唇を歪めたまま、狩納の腕が華奢《きゃしゃ》な綾瀬の背中を引き寄せる。

「…ちょ…」

ゆったりとしたエレベーターのなかには、二人以外に客の姿はない。それでも狩納の息が触れるほど互いの体が密着すると、綾瀬は戸惑《とまど》って声を上げた。

逃《のが》れようとする肩を両手で掴《つか》んだ男の額《ひたい》が、綾瀬の額へと寄せられる。

「わ…」

口吻《くちづ》けられるのだろうか。

咄嗟《とっさ》に身構えた予想に反し、こつんと、互いの額を合わせられ、綾瀬は驚いて狩納を見上げた。

間近に迫った男の双眸《そうぼう》が、楽しそうににやにやと笑う。

「熱なんか、ねえだろ」

額を合わせたまま声を落として囁《ささや》かれ、綾瀬は触れ合った狩納の体温を意識した。

「……解《わか》りませんよ。これから上がるかもしれないし…」

「心配性だな」

一笑にふした狩納の掌が、犬でも撫《な》でる手つきで綾瀬の髪を掻《か》き回す。

そのまま体を離そうとした綾瀬の後頭部を、大きな掌が包み取った。

「…あ…」

駄目《だめ》だ。

そう考えたが、すでに遅い。抗《あらが》う間もなく、今度こそ狩納の口に唇を塞《ふさ》がれる。

長身の狩納は、綾瀬と視線を合わせるためだけにでも、随分《ずいぶん》と体を屈《かが》めなければならない。まるで逃げ場を塞ぐように伸《の》しかかられているようで、綾瀬はいたたまれず厚い胸を押し返そうとした。

「狩…」

ほんの少し浮いた唇が、すぐに角度を変え、重なってくる。

「お前の口んなかの方が、よっぽどあったけえんじゃねえの」

湿《しめ》った声で囁かれ、ぞくりと自分でも驚くほど強い興奮が下腹を走った。

「……っ…」

泣きたいような気持ちが、込み上げる。

つい数ヶ月前の自分が、この現状《げんじょう》を覗《のぞ》き見たならば、卒倒《そっとう》するに違いない。狩納と暮らし始め、三ヶ月近く経つ今でさえ、戸惑いの強さに身動きが取れなくなるのだ。

いつ他の客が入ってくるともしれないエレベーターのなかで、同性から抱き竦《すく》められ、口吻けを受ける。

口吻けという行為だけではなく、自分と狩納との出会いを思い出すと、新たな困惑が込み上げた。

自分は狩納によって、非合法の賭場《とば》で落札《らくさつ》されたのだ。あの夜を境《さかい》に、綾瀬の生活は一変した。

早くに両親と死別し、育ての親である祖母さえも、三年前に亡《な》くすという不幸に見舞われる以外、それまでの綾瀬の生活は、ごく平凡で変化の少ないものだった。しかし狩納に買われ、その代金を自らの借財《しゃくざい》として背負った夜以来、綾瀬を包む世界の全てが色を変えてしまった。

「もう一軒《いっけん》、寄ってくか?」

「い、いえ…」

ぴちゃりと、音を立てて唇を舐《な》められ、綾瀬は逃げ場もなく首を左右に振った。

「お前にならどんな贅沢《ぜいたく》でもさせてやるぜ?」

揶揄《やゆ》する声音が、痺《しび》れるような振動を帯び、喉元を撫でる。

「お、俺《おれ》はそんなこと……」

「知ってる」

不機嫌に即答《そくとう》した男に、逸らすことのない眼光《がんこう》で覗き込まれ、息が詰まった。

「…狩…」

官能《かんのう》的なほどに大きな掌で、揉《も》むように脇腹《わきばら》を辿《たど》られ、声が途切れる。

「キス、させろよ」

引き結ぼうとする唇を、尖《とが》らせた舌の先でちろちろと舐められ、腹の奥が熱くなった。壁へ追いつめられた足を、堅い膝《ひざ》で割られ、体の密着が増す。

「待っ……」

内腿《うちもも》に力を入れて拒もうにも、低く落とされた腰が密着し、体がふるえた。

「随分色っぽい顔をするじゃねえか」

揶揄《からか》うように笑った男の声が、甘く掠《かす》れる。

「…っ」

ぞくりと息を詰めた綾瀬を見下ろし、男が息だけで笑った。耳元で、体中の血がどくどくと音を立てている。

「やめて下さい…。人が…」

「やっぱ真っ直ぐ帰ろうぜ」

どうにか絞り出した綾瀬の声を無視し、狩納が薄い唇を舌先で湿らせた。

狩納の、あるいは綾瀬の唾液《だえき》でぬれた男の唇の色が、いたたまれないほどの鮮明《せんめい》さで目に焼きつく。

「すぐ、抱きてぇ」

にやりと歪んだ唇で囁かれ、綾瀬は逃げるように視線を伏せた。

狩納と共に生活することを決めたのは綾瀬自身だ。それはよく解っている。

しかしいまだに、こんな遣《や》り取りには慣れない。

それは狩納も、解ってくれているのではないだろうか。しかし自分を見る狩納の視線には、いつでも容赦《ようしゃ》など望めない。

腿のやわらかな部分をいじるように、膝頭を動かされ、懸命に男の胸板を押し返す。

「やめ…」

性を金で売る間柄を脱しても、自分に借財があることに変わりはない。どうしても弱くなる抵抗の言葉に、狩納が残酷な双眸を細めた。

「嫌なのか？」

余裕を込めて笑った男の掌が、探るように綾瀬の首筋を撫で、胸へ下がる。薄い布地の上から、胸の突起《とっき》を丸くいじられ、綾瀬はびくんと痩身《そうしん》を緊張させた。

「…う……」

「仕方ねえなぁ。お前が俺に触ってほしくてどうしようもねえって言うまで、待つしかねえのか？」

触ってほしいと言葉に出せるまで、追いつめてやる。

言葉とは裏腹の機微《きび》を含んだ男の双眸が、残忍な甘さで綾瀬を見下ろした。

「…ぁ…」

幾度も経験させられた羞恥《しゅうち》と興奮が、逃げ出したいはずなのに込み上げてくる。ぎゅっと、狩納のスーツを握った綾瀬の体が、重い浮遊《ふゆう》感と共に揺れた。

エレベーターが、止まったのだ。

「狩……っ…」

反射的に跳ね上がった視線の先に、到着階を知らせる表示が飛び込む。焦《あせ》る綾瀬とは対照的に、狩納の唇がつまらなそうな溜め息を噛《か》んだ。

ゆっくりと、扉が開く。

扉の向こうに人影を認めた途端、綾瀬は飛び退《の》くように狩納の傍《かたわ》らを離れた。

見られたわけではない。そう自分に言い聞かせように恥ずかしさが込み上げ、綾瀬は顔も上げずエレベーターを飛び出そうとした。

「……っ」

エレベーターを降りようとした綾瀬を、若い男が避ける。茶色に染めた髪を短く刈《か》り込んだ、痩身の男だ。

いかにもこの街が似合いな、砕《くだ》けた雰囲気を持つ男だったが、綾瀬の目を引いたのは、更《さら》にその後ろに立つ長身の男の姿だった。

大粒《おおつぶ》の瞳を見開いた綾瀬を見下ろし、長身の男もまた、驚いたように眉《まゆ》を吊《つ》り上げる。しかしそれは一瞬のことで、すぐにすっきりとした容貌の上に、上品な笑みを浮かべた。

「晩上好！（こんばんは）」

薄く、どこか作り物めいた端正《たんせい》な男の唇から、非の打ちどころのない北京語《マンダリン》がこぼれる。

「晩上…好……」

気迫に呑《の》まれたように、上擦った北京語を返し、綾瀬はまじまじと男を見上げた。

「好久没見你。喝酒去吧。（お久し振りです。いい所で出会いましたね。これから一緒に、飲みに行きませんか？）」

にこやかに告げた男の襟元《えりもと》へ、恐ろしい速さで狩納の腕が伸びる。

「…っ」

息を詰めた綾瀬とは対照的に、男にとっては予《あらかじ》め予想可能な動きだったのだろう。涼しげな笑みのまま身をかわし、男は狩納の腕から逃れた。

「乱暴ですねえ」

「まだ日本にいやがったのか、許斐《このみ》」

大袈裟《おおげさ》に怖がってみせた男に双眸を定め、狩納が低く吐き捨てる。

許斐と、その名を口にすることさえ煩《わずら》わしいと言いたげな表情だ。

無理もない。狩納とこの許斐清貴《きよたか》という男は古くからの知り合いらしいが、しかし決して友好的な間柄とは言い難《がた》かった。

綾瀬自身、許斐にまつわる記憶は、できるなら思い出したくもない。

数週間前、許斐は狩納を誘い出す道具として、自分をアクシという非合法の賭場へ連れ出した。結果的に、二人とも生命を脅《おびや》かすような怪我《けが》を負《お》うことは免《まぬが》れたが、一つ間違えば今頃こんな場所に立っていることは叶《かな》わなかっただろう。

「ご挨拶《あいさつ》ですね、狩納君。折角《せっかく》君と手打ちを終えたんです。もう少し、日本にいようと思いまして」

慇懃《いんぎん》に告げた許斐の眼が、挑《いど》むように狩納を見る。

暗い茶色のスーツを身につけた許斐は、容貌や仕種《しぐさ》の細部に至るまで、全てが洗練《せんれん》されて隙《すき》がない。しかし狩納を見る眼光には、涼しげな容貌とは異なる、凍《こご》えそうな憎悪《ぞうお》の影があった。

「俺は失《う》せろと言ったはずだ」

蛇《へび》を思わせる視線を逸らすことなく受け止め、狩納が吐き捨てる。

「ええ、解ってます。勿論《もちろん》君には迷惑をかけませんから、僕のことは気にしないで下さい」

「てめぇの都合を聞いてんじゃねえ。こうして俺の前に立ってんのが目障《ざわ》りだって言ってんだ」

決して大きなものでないにしろ、許斐へと向けられる狩納の声は、物理的な力を帯びているかのように、強靱《きょうじん》で重い。

こんな眼をした狩納は、なにより恐ろしかった。

「相変わらず短気な人ですねえ。君は昔からそうだ。覚えてますか？　学生の頃、邪魔だからと言って、僕のバイクを高架《こうか》から道路に投げ落としたこと」

「バ、バイクを落とし…た……？」

反射的に繰り返してしまった綾瀬が、はっとして自分の唇を塞ぐ。

「なんの話だ」

怯《おび》えを浮かべた綾瀬を一瞥《いちべつ》し、狩納が許斐へ向け、鋭い舌打ちの音を響かせた。

「下に人がいたら、間違いなく即死《そくし》でしたねぇ。大切な友達を、あんなことで別荘暮らしさせては、僕も寝覚めが悪い」

「勝手に話をでっち上げるな。次に俺の目の前うろつきやがったら、コンテナに詰めて中国だろうがどこだろうが、送り返してやる」

「コンテナといえば、狩納君、昔、君の商売にけちをつけた僕の友達を、ドラム缶に詰めて置き去りにしたことがありましたね。彼、まだ生きてますか？」

ひくり、と細い綾瀬の喉が引きつる。

コンテナやドラム缶という単語は、口の悪い狩納にとっては、脅《おど》しというより軽口に近いのかもしれない。だがそう自分を納得《なっとく》させるためには、許斐が口にした言葉は、あまりにも衝撃的だった。

「いいか、許斐…」

「…っ」

低い狩納の声を遮《さえぎ》り、弾《はず》み上がった綾瀬の唇から、細い悲鳴が上がる。

ぎょっとして振り返ると、首筋へと触れてくる青年の指が視界へ飛び込んだ。

「なんだ。お前、男なのか」

綾瀬の髪を摘《つま》もうとして、茶色い髪の青年が唇を尖らせる。

「…な…っ」

驚きのあまり、声も出せずにいた綾瀬を、青年がにやにやと覗き込んだ。

「でも、結構可愛《かわい》いな」

ぞっとして払い退けようとした途端、横から伸びた太い腕が、容赦なく青年の腕を捻《ひね》り上げた。

「な、い、痛ぇ…っ」

悲鳴を上げ、若い男が大きく仰《の》け反《ぞ》る。

「誰《だれ》だ。こいつは」

苦痛を訴える青年には頓着《とんちゃく》せず、狩納は無慈悲に摑んだ腕に力を込めた。

「か、狩納さん…っ」

制止《せいし》を訴えようとした綾瀬の肩を、許斐がやんわりと引き留める。

「手を放してあげて下さい。綾瀬君が怯えてるじゃないですか。この方は、僕の取引先のご子息《しそく》です。今日はご自身も僕の商品に興味があるということで、お連れしたんです」

「こんなバカガキ相手の商売かよ。よっぽど親の脛《すね》が太いのか？」

「こ、こいつっ」

苦痛のなかから、口汚く叫《さけ》んだ青年の腕を、狩納が更に力を込め捻り上げた。

「ぎゃぁぁ……っ」

犬のように響いた悲鳴に、綾瀬が身動きもできないまま息を詰める。

男の腕を捻る狩納の唇が、にやりと歪んだ。

心底からの楽しみを映した笑みではない。自分の爪の下に押さえ込んだ生き物の弱点を見抜いた、残酷な表情だった。

「躾《しつけ》の悪《わり》ぃ犬だな」

呆《あき》れたように笑い、狩納が無造作に青年の体を突き飛ばした。支えを失い、青年の体が無様《ぶざま》に絨毯の上を転がる。

「酷《ひど》い人ですね。僕のお客さんなのに」

病気かもしれないっ

　言葉とは裏腹に、許斐が気のない様子で肩を竦める。青年を助け起こそうとする許斐を一瞥し、狩納が萎縮《いしゅく》し切った綾瀬の肩を抱いた。

「全く験《げん》の悪い夜だぜ」

　忌々《いまいま》しげに舌打ちした男は、すでに許斐たちを振り返る素振《そぶ》りもない。歩幅《ほはば》の大きな狩納の傍らに従いながら、綾瀬は迷った末、ちらりとエレベーターを振り返った。

　いまだ顔を歪め、蹲《うずくま》る青年の隣に立つ許斐が、綾瀬の視線に気づき、にこりと笑う。

「晩安、綾瀬。改天見（お休みなさい、綾瀬君。近い内にお会いしましょうね）」


　まだ昼の二時を過ぎたばかりの時刻のせいか、タイルの上に降る秋の日差しが、濃い影を作っている。

「お世話になりました。気をつけて帰って下さいね」

　分厚い玄関《げんかん》の扉を開き、綾瀬は何度目かの礼を繰り返した。よく手入れされた革靴《かわぐつ》を履《は》き、長身の医師が手を振る。エレベーターまで送ろうとした綾瀬を断り、三十代半ばと思われる医師は、少し長めの前髪を掻き上げた。

「安静が第一。書類なんて読んでたら、取り上げてやんなさい」

気さくな横顔で笑い、医師が磨き上げられた診察鞄《しんさつかばん》を提《さ》げ、通路に出る。

「それに君もよく休むこと。心配ないよ。どうせ殺したって死なない男だし。こんなこと滅多《めった》にないだろうから、精々《せいぜい》弱ってるところを眺めて楽しむといい」

人の悪い笑みを浮かべた医師に、綾瀬は意を決したように唇を開いた。

「……あの、本当に…、その、し、死んじゃったりするような病気じゃ……」

絞り出した問いが、不安に掠れる。

医師は破顔《はがん》し、快活《かいかつ》に笑い飛ばした。

「万が一死んだら、俺に一番最初に教えてほしいな。あの狩納が死ぬような風邪《かぜ》なら、兵器になる」

笑おうとしたが、上手《うま》く笑えない綾瀬に気づき、医師がやさしく目を細める。

「大丈夫。そんなこと絶対にないから。ゆっくり休めば明日にはぴんぴんしてるさ」

丁寧《ていねい》な口調で請《う》け合われ、綾瀬は蜜色の瞳にほっと安堵《あんど》を滲《にじ》ませた。

「ありがとうございました。先生が往診《おうしん》に来て下さって、本当に助かりました」

綾瀬の心からの感謝の言葉に、照《て》れたように笑みを深くし、もう一度手を振った医師が背中を向ける。

狩納が所有するビルの最上階には、男の住居以外部屋はない。エレベーターは目と鼻の先の距離にあったが、綾瀬は姿が見えなくなるまで、戸口で医師を見送った。

「ほんと、よかった…」

重い扉を閉ざし、自分自身に言い聞かせるように呟《つぶや》いてみる。

広すぎるほどに広い玄関に、ちいさな呟きは力なく落ちた。

玄関だけではなく、象牙《ぞうげ》色の壁紙で統一された壁も、磨《みが》き上げられたフローリングの廊下も、狩納が暮らすマンションは全てが贅沢な余裕に満ちている。ここが駅からも遠くない、新宿の中心部だと考えると、贅沢を通り越し、恐ろしい気持ちになりそうだ。

この部屋で男と共に暮らすことを決めたのは、綾瀬自身だ。しかしそれまでの綾瀬の生活と、男が暮らす世界との差異《さい》は、ふとした瞬間に、綾瀬の胸の不安を刺激する。

心の隅に貼《は》りつく不安を振り払うように、綾瀬は足音を殺して廊下を進んだ。途中、温めておいた粥《かゆ》を盆に載《の》せ、寝室の扉を開く。

「先生、お帰りになりました。安静にして下さい、って」

慎重《しんちょう》に扉を閉じ、綾瀬はそっと寝台の男へと声をかけた。

玄関同様、この寝室も驚くほどに広い。日当たりのよい部屋の中央には、綾瀬ならば五人は横たわれそうな寝台が据《す》えられている。

しかし今寝台を占領《せんりょう》している男は、ただ一人きり。

持て余すほどに大きく思える寝台でさえ、男が横たわっているとそれほど違和感を感じさせない。全てがこの男に合わせて揃《そろ》えられた家具であり、男だけの所有物であることが暗黙のうちに示されているようだ。

病気かもしれないっ

「…面倒かけて、悪かったな」

盛り上がった布団《ふとん》の奥から、がさがさに掠れた声が返る。普段耳にする、低いが伸びのよい声とはまるで別人のようだ。

痛々しさに瞳を曇らせた綾瀬を、狩納が大儀《たいぎ》そうに寝返りを打ち、見上げる。

「久芳《くば》の奴まだ来やがらねえのか。書類を……」

言葉を継ぎかけ、狩納の肩が大きくふるえた。そのまま体を折るように激しく咳き込んだ狩納へ、綾瀬は慌てて駆け寄った。

「大丈夫ですか?」

咳き込み続ける狩納の背中を、布団のなかへ手を差し入れ懸命にさする。

「ちくしょう…。許斐の野郎の顔なんぞ見たからだ」

肺が壊れてしまうのではと思えるほど、激しい咳の合間に、狩納が顔を歪め吐き捨てた。

確かに狩納が言う通り、容体《ようだい》が悪化したのは許斐と偶然出会った一昨日の夜からだ。

喉が不快なだけだと狩納は言っていたが、季節の変わり目の不安定な気候は、思わぬ力で狩納の体を蝕《むしば》んでいたらしい。今日も朝から事務所に出勤していたのだが、昼を過ぎた頃、珍しく赤い顔をしてマンションへと戻ってきた。

最初は昼食を取り、もう一度事務所へ戻ると言っていたのだが、勿論すでにそんなことができる容体ではなかった。

「あの……」

胸に蟠《わだかま》る不安を、言葉にしてしまおうか。

迷い、唇を開きかけた綾瀬の隣で、電話が突然、高い呼び出し音を上げる。

驚き、綾瀬は弾《はじ》かれたように受話器を取り上げた。

「はい」

「綾ちゃん？」

受話器の向こうから、聞き慣れた声が笑みを含んで響く。

「染矢《そめや》さん…」

綾瀬の唇からこぼれた名前に、横たわる狩納が渋面《じゅうめん》を作るのが解った。

染矢薫子《かおるこ》は、狩納の幼馴染《おさななじ》みであり、同じ新宿でオカマバーを経営する男だ。男といっても、外見は生半可《なまはんか》な女性などよりよほど洗練され、うつくしい。口を開かない限り、染矢が男性だと気づく者は極めて少ないだろう。

「ねえ、狩納が具合悪いって本当？」

低めた声で尋ねられ、綾瀬は驚きながらも頷《うなず》いた。

「は、は…い。でもどうして、染矢さんがご存知なんです…？」

「まあ！　こればっかりはガセだと思ったのに！　…自分の地獄耳には自信を持てってことね」

まだ半信半疑な様子で声を絞り、染矢が低く呻《うめ》いた。

「ところでなんの病気？　エボラ？　梅毒《ばいどく》？」

よほど驚いているのか、矢継ぎ早に尋ねられ、綾瀬は当惑したように狩納を振り返った。

「安心して下さい。命に関わるような病気じゃないって、お医者さんもおっしゃってました」

「なに呑気《のんき》なこと言ってんの。あの狩納が寝込むなんて、なんらかの細菌《さいきん》兵器かもしれないのよ？　早く脱出しなさい、綾ちゃん」

「ただの風邪だって話です。ゆっくり休めば治《なお》るって…」

自分自身へ言い聞かせるよう呟いた綾瀬の言葉に、受話器の向こうで染矢が黙った。

「………風邪？」

長い沈黙の後、唸《うな》るように染矢が声を絞る。

「はい。すぐによくなってくれると、嬉《うれ》しいんですが…」

「………すごい風邪もあったもんねぇ」

しみじみと呟かれた声音に籠《こ》もるのは、心配というよりも感心に近い。

「……狩納も、人間だったたってことかしら」

まるで信じたくない言葉を口にするように、染矢は繰り返し溜め息をもらした。

「落ち着いた頃に、見物に行くって旦那《だんな》に伝えておいて。いい、狩納さえ寝込むような風邪なんだから、綾ちゃんは十分注意してね」

「ありがとうございます」

念を押され、苦く笑いながら受話器を戻す。

「染矢の野郎…」

綾瀬の様子から会話の内容を察したのか、寝台に体を沈めた狩納が、口惜《くちお》しそうに奥歯を食いしめた。こんな顔をすると、機嫌の悪い大型の獣《けもの》のようだ。しかし今日ばかりは、体の自由が利《き》かないせいで、怒気もやや精彩《せいさい》に欠けている。

「狩納さんが落ち着いた頃に、お見舞いにいらして下さるそうですよ」

「なにが見舞いだ。どうせ見物に来るとでも抜かしたんだろう。それより、久芳はまだ来ねえのか…」

苦く吐き捨てられ、綾瀬は困《こま》ったように苦笑した。さすがつき合いが長いせいか、染矢の伝言の詳細など、狩納には全てお見通しというわけだろうか。

「仕事のことは、今は忘れて下さい。その方が絶対、早くよくなりますよ」

羽布団の上から、そっと肩のあたりを叩《たた》いてやりながら、綾瀬は殊更《ことさら》穏やかな口調で笑みを作った。

染矢が口にしたように、生死に関わる病気ならばともかく、そうではないと医者が請け合ってくれたお陰で、現金なほど心が軽くなっている。

「お粥《かゆ》作ったんですけど、食べられそうですか?」

綾瀬の問いに、狩納がにやりと笑った。

「お前が…食わせてくれるのか?」

掠れた声で尋ねられ、綾瀬が迷うことなく頷いてみせる。

「いいですよ。あんまり美味しくないかもしれないけど…」

粥が入った土鍋《どなべ》を開くと、ふわりとあたたかそうな湯気《ゆげ》が立ち上った。その湯気の向こうで、狩納が心底驚いたような表情を作る。

「狩納さん…?」

訝《いぶか》しむ綾瀬を、狩納はまだ驚きを消し切れない様子で、まじまじと眺めていた。綾瀬が簡単に了解《りょうかい》したことが、それほど意外だったのだろうか。

「…お前がやさしくしてくれんなら、風邪ひくのも悪くねえかもな」

どこまで本気なのか解らない、唸るような呟きをもらす狩納に、綾瀬が溜め息をつく。

「なに言ってるんですか。俺、すごい心配で…」

ゆっくりと粥を掻き混ぜながら、綾瀬は視線を伏せた。

綾瀬は怪我や病気といった出来事に、人一倍敏感《びんかん》だ。病魔《びょうま》の手に為《な》す術《すべ》もなく、愛《いと》しい肉親を奪われ続けたせいだろうか。自分が風邪をひく分にはいいのだが、周囲の人間の不調には、どうしようもない不安を煽《あお》られる。

「はい」

冷《さ》ました粥をスプーンに掬《すく》い、綾瀬はそっと狩納へ差し出した。おとなしく口を開いた狩納が、綾瀬を見つめたままスプーンを銜《くわ》える。

食べ物を食べようという意志があるのは、ありがたい。ほっと、笑おうとして、綾瀬は瞳を曇らせた。

「……どうした?」

綾瀬が差し出すスプーンから、粥を食べながら、狩納が眉をひそめる。

「あの…」

不意に胸に蘇った不安に負け、綾瀬は衝動《しょうどう》的に唇を開いた。

「……この前、許斐さんが話してた…ことなんですけど……」

声にしてしまってから、どうしようもない後悔《こうかい》が込み上げる。

粥を掬った綾瀬を、狩納が眉間《みけん》に皺《しわ》を寄せ、見返す。

「…まだ気にしてやがったのか」

「ご、ごめんなさい。狩納さんを疑ってるとか、そういうんじゃないんですが…」

なんの前触れもなく、大切な人たちを奪う病魔。怪我や病気に対する怯えの延長線上には、いつでも暴力という不安の影がある。

一昨日の晩、許斐の口から聞かされた学生時代の狩納の姿は、まるで細い棘《とげ》のように綾瀬の胸に刺さっていた。

真っ直ぐに綾瀬を見たまま、狩納が苦い溜め息を絞り出す。

「…もし、許斐が言ってたことが本当だったら、お前、どうする」

低い狩納の声に、綾瀬ははっとして顔を上げた。

「…え…？」

全く予想していなかった言葉に、声が上擦った。同時に、否定の言葉だけを期待していた自分にも、ぎくりとする。

驚く綾瀬を正面から見据え、狩納が苦々しそうに眉間を歪めた。

「…そんな顔するな」

舌打ちと共に声を投げられ、肩がふるえる。

「ご、ごめんなさい。俺…」

どう応《こた》えてよいか解らず、視線を逸らした綾瀬の頰《ほお》へ、長い男の指が触れた。いつもより体温が高いその感触に、ぎくんと胸の奥が弾む。

「も、もう少し…、食べられそうですか？」

戸惑い、残り少なくなった粥をスプーンで掬おうとした綾瀬を、狩納が真っ直ぐに見た。

「なあ綾瀬」

掠れた声で名を呼ばれ、綾瀬が長い睫を瞬《またた》かせる。

「キスしてえ…」

嗄《しゃが》れた声の響きに、綾瀬はぎょっとして狩納を見た。

「な、なにを言って……」

不意打《ふいう》ちを食らった気持ちで、綾瀬は戸惑い、スプーンを握りしめた。

「言ってみただけだ」

二の句《く》が継げずにいた綾瀬を眺め、狩納が唇を尖らせる。

こう風邪が酷くては、口吻けなど無理なことくらい、狩納にも解っていたのだろう。我が儘《まま》が通らない現実に辟易《へきえき》としたのか、狩納は寝台の上で寝返りを打った。

土鍋をテーブルへ戻し、狩納の首元へそっと布団を引き上げる。

「…少し、寝ましょうか」

苦しげな狩納の横顔へ囁き、綾瀬は寝台を背に床へと腰を下ろした。椅子《いす》に座っているより、その方が少しだけ、狩納に近くなる。

許斐の名前を持ち出して、余計な詮索《せんさく》などするのではなかった。

「邪魔じゃなかったら、俺ここにいます。声かけて下さいね」

肩越しに振り返る綾瀬に、狩納が仕方なさそうな笑みを浮かべる。図々しいと怒られるかもしれないと思ったが、狩納は綾瀬を追い払ったりはしなかった。

「ずっと座ってる必要ねえぞ。キスできるようになれば、いつでも呼んでやる」

嗄れた声で告げられ、今度は少しだけ声を上げて笑う。

「お休みなさい」

そっと額を撫でた綾瀬に逆らうことなく、狩納が瞼《まぶた》を閉じた。

見慣れた曇り空が、ビルの間を埋めている。まだ三時を少し回ったばかりだというのに、澄んだ日射しが届かない街は、どんよりとした喧騒《けんそう》に満ちていた。

こんな街で日々激務《げきむ》に追われていては、狩納が体調を崩《くず》すのも当たり前かもしれない。胸の内で嘆《たん》息《そく》しながら、綾瀬は肩から提げた鞄へと瞳を向けた。

黒い鞄のなかには、たった今薬局《やっきょく》で調合してもらった、狩納のための薬が入っている。

狩納は真昼時に帰宅してすぐ、市販の解熱剤《げねつざい》を飲んでいた。しかしいつまでも、それだけというわけにはいかない。

少しでも早く、狩納の苦痛を取り除いてやりたくて、綾瀬は医者がくれた処方箋《しょほうせん》を手に、眠る男を残しマンションを出た。

狩納のマンションから、薬局までは歩いても五分ほどの距離だ。行き先を告げる書き置きを残してきたから、無用な心配をかける必要もない。

「狩納さん、夜にはお粥以外も食べられるようになるかな」

汚れたアスファルトを足早に踏《ふ》みながら、綾瀬は口のなかで呟いてみた。

綾瀬にとっての病人食は、摺《す》り林檎《りんご》というのが定番《ていばん》だ。風邪をひいて寝込むと必ず、祖母が真っ赤な林檎を摺り下ろし作ってくれた。思い出すと、懐かしさに今でも胸の奥があたたかくなってくる。

狩納にも、風邪をひいた時に食べたくなる、懐かしい食べ物があるだろうか。

「…甘い物は駄目だから、炊《た》いたお肉…とか…？」

薄味の粥だけでは寂しいなら、消化のよい肉を甘辛く焚いて添えるのもいいだろう。日頃から、狩納は肉や魚を喜んで食べてくれた。

しかし懸命に考えを巡《めぐ》らせても、具合が悪い時にはなにが食べたいかなど、一度も話し合ったことはない気がする。

そもそも綾瀬は、狩納が体調を崩すなど、想像したことさえなかった。

重い溜め息が、胸の奥に蟠る。

一方的に、狩納と一緒に暮らすことを決めておきながら、自分はあまりにも狩納のことを知らなさすぎた。病人食の好みも、そして許斐が口にした、学生時代の話もそうだ。

許斐が話した過去がもし真実ならばどうするのかと、尋ねた狩納の双眸が蘇る。

自分は、どうするのだろうか。

尋ねられた瞬間でさえ、綾瀬は返答ができなかった。自分は、心根の弱い人間だ。許斐が言ったような現場に居合わせたなら、狩納の暴力を恐れ、逃げ出してしまうかもしれない。

胸に湧いた疑念を打ち消すことができず、首を振ろうとした綾瀬は、ふとなにかの視線を感じた気がして、後方を振り返った。

大きな通りへ出た綾瀬の背後から、路地を抜けてきた車が、ゆっくりと左折する。

車が通り過ぎた路上には、サラリーマン風の男が歩いているだけで、他に人影はない。

「なに気にしてんだろ、俺」

胸に浮かんだ形のない不安を否定するために、綾瀬は声に出してちいさく笑った。

この数ヶ月間の狩納との生活は、自分を必要以上に用心深い性格にしたらしい。勿論、自衛《じえい》のために緊張感を持つことは大切だが、あまり過敏《かびん》になりすぎても困る。

苦笑し、首を振って歩き出そうとした綾瀬は、音もなく滑《すべ》り込んできた黒い車体に驚き、足を止めた。

「……っ」

ぎくりとした綾瀬の目の前で、車の扉が荒々しく開かれる。

「…あ……」

現《あらわ》れたサングラスをかけた男の顔に、見覚えがあった。

一昨日、許斐と共にホテルのエレベーターですれ違ったあの青年だ。

何事もなかったようにやり過ごすには、綾瀬は驚きのあまり青年の顔を長く見つめすぎた。青年もまた、サングラスの向こうから綾瀬を見ている。

「よお」

痩《や》せて薄い体を屈め、青年が車外へと踏み出した。反射的に走り出そうとしたが、間に合わない。伸ばされた男の腕が、力任せに綾瀬の肩を摑み取った。

「な…っ」

「お前、あの狩納って男の事務所で働いてんだってな」

薄い唇を歪め、青年が顔を近づける。

「俺に少しつき合えよ」

なまあたたかい息が頬に触れ、綾瀬は気色《きしょく》の悪さに青年の体を押し返した。

「放して下さいっ」

「煩《うるさ》い！　俺に恥《はじ》かかせたらどうなるか、あの野郎に教えてやるんだ」

もがこうとした綾瀬の襟首を、青年が益々《ますます》強い力で締め上げる。

「大丈夫だ。用がすめばすぐ帰してやる。腕の一本でも折れば、狩納だって身に染みるだろう」

気安い仕種で右腕を叩かれ、綾瀬は鋭く息を呑んだ。

まさか狩納への見せしめのために、この男は自分の腕を折ろうというのだろうか。

「俺の名前は喋《しゃべ》るなよ。密告《チク》ったら、殺してやる」

にやりと笑った男の腕が、綾瀬を車内へと押し込もうとする。

「やめ…！」

暴れた綾瀬の肩から、薬が入った鞄が落ちた。

真昼の路上だというのに、綾瀬たちを見咎《とが》める者はいない。たとえ気づいていても、関わりを避けるため近づきはしないだろう。

慌てて鞄を拾おうとした綾瀬に気づき、青年が素早く腕を伸ばした。

「…ぁ…っ」

「なんだよ。貴重品でも入ってんのか？」

拾い上げた鞄を揺すり、青年が笑った。

「か、返して下さい！」

「いいぜ。俺と少しつき合ってくれれば、鞄もお前もちゃんと…」

青年の言葉の終わりを待たず、不意に伸びた逞《たくま》しい腕が、青年の腕を摑み取る。

「痛…っ」

綾瀬よりも先に、驚きの声を上げたのは青年だった。

「狩…」

思わず馴染んだ名を口にしかけ、綾瀬が息を詰める。

「你的希望落空了。対不起（期待を裏切ったのでしたら、許して下さい）」

やわらかな声音で苦笑され、綾瀬は呑まれたように背の高い男を見上げた。

唇を開いたきり、声を上げられずにいる綾瀬の視線の先で、許斐が一昨日の晩と同じ作り物めいた笑みを浮かべる。

「こんな所でなにをしているんです？　一条《いちじょう》君」

一条というのが、この青年の名前なのだろうか。突き放すような薄い笑みを浮かべたまま、許斐が

青年を見た。

「な、なにって…。あんたには関係ないでしょう」

「いえいえ、この方は僕にとって大切な人ですから。見過ごせませんね」

一条の腕を摑む許婓の指に、強い力が加わる様が見て取れる。途端に、一条は顔を歪め、綾瀬を捕らえていた指を解《ほど》いた。

「そ、そりゃすまなかったな」

心の伴《ともな》わない口調で吐き捨て、一条が手首を庇《かば》いながら、車へと乗り込む。

「待……！」

慌てて車へ駆け寄ろうとした綾瀬を無視して、扉が激しい音を立てて閉ざされた。

「危ないですよ」

「放して下さい！　鞄が……！」

「鞄？」

駆け寄ろうとした綾瀬の目の前で、凶暴な唸りを上げ、タイヤがアスファルトを嚙み走り出した。追いかけようにも、到底《とうてい》追いつける速さではない。

行ってしまう。

一条が助手席へと放り投げた鞄には、狩納の苦しみを和《やわ》らげるための薬が入っているのに。

「どうしよう……」

取り残されたアスファルトの上、綾瀬が茫然《ぼうぜん》として呟く。

もう一度薬局に行って事情を話せば、同じ薬を処方してくれるだろうか。否、処方箋がなければ、無理だろう。

「大丈夫ですか？　もしかして鞄を盗《と》られたんですか？」

落ち着いた男の声に、綾瀬はぎくりとして我に返った。

思わぬ近さに、許斐の声がある。咄嗟に、綾瀬は考えるより早く踵《きびす》を返していた。

「待って下さい！」

「放……っ」

逃げようとした綾瀬の腕を、大きな許斐の掌が引き留める。決して乱暴な力ではなかったが、許斐の掌ははっとする力強さに満ちていた。

「なんで逃げるんです。僕は君の力になりたいだけなのに」

「やめて下さい！　あ、あなたが仕組んだんじゃないんですか？　あの人は、あなたの知り合いなんでしょうっ」

高く掠れた自分の声に、綾瀬自身がぞくりとする。

一条は、ホテルで狩納に恥をかかされた件を恨《うら》んでいると言った。狩納によい感情を抱いていないという点では、許斐も同様だ。

一条を唆《そそのか》し、悪質な手段で自分を揶揄うことくらい、許斐ならば平気でやるのではないか。そうでなければこれほど都合よく、この場に現れるはずがなかった。

「仕組んだ？　僕がですか？　まさか」

心外そうに唸られても、綾瀬には許斐を正視する勇気さえなかった。

一昨日の晩はあまりの不意打ちに逃げることさえ忘れていたが、今日は違う。ほんの数週間前、自分がこの男のせいでどんな目にあわされたかを思い出すと、いてもたってもいられない気持ちになった。

「嘘《うそ》だ！　放して下さい！　どう考えてもおかしいじゃないですかっ」

悲鳴に近い声を上げ、否定した綾瀬の体を、長い腕が乱暴な力で引き寄せる。

口吻けられそうなほど近くに鋭利《えいり》な双眸が迫り、綾瀬は息を詰めた。

「嘘はつかないっ！」

「…っ」

頭蓋骨《ずがいこつ》を揺るがすほど激しい怒声《どせい》に、一瞬全身の機能《きのう》が呑まれたように動きを止める。

怯えの色を露《あら》わに、痩身を萎縮させた綾瀬を見下ろし、許斐は自らの失敗を悟《さと》ったのだろう。

「……すみません。怒《ど》鳴《な》ったりして」

一瞬前までの怒りの色が嘘のように、許斐は苦い悔恨《かいこん》と狼狽《ろうばい》を浮かべ、綾瀬から視線を逃した。

「…怒鳴るつもりはなかったんです」

気持ちを落ち着けるよう、許斐がゆっくりと大きく息を吸い、肩を揺らす。

　自分の指がいまだ綾瀬の肩を強く摑んでいたことに気づくと、許斐は慎重な動きでその指を解いた。

「確かに…、白状しますが、僕が今ここにいるのは、外出した君の後を…尾行《つ》けていたからです」

　静かな許斐の言葉に、綾瀬は喉の奥でちいさく息を詰めた。

　やはり、という確信が胸に湧く。後退《あとずさ》り、逃げようとした綾瀬の手首を、大きな掌がそっと包み取った。

「最初は狩納君に会うつもりで事務所の側《そば》に来たんです。そうしたら、君を見かけ、一条が君を尾行《びこう》していることに気づきました」

　綾瀬の手首を包む許斐の指の力は、決して振り払えない強さではない。しかし注がれるぬくもりと声の真摯《しんし》さが、逃げようとする綾瀬の体を押しとどめさせた。

「もっと早く一条を止めに入るべきだったと、本当に後悔しています。ですが誓って、僕と一条はグルではありません」

　深くなめらかな許斐の声音に、綾瀬が頼りなく視線を伏せる。

　許斐の言葉が嘘かどうかは別にしても、もう狩納の薬は戻ってこないのだ。それを思うと、行き場のない悲しみと悔しさが込み上げる。

　具合が悪い男のため、ただ薬を用意することさえ、自分にはできなかった。鞄を奪われた衝撃は、そのまま自分自身の不甲斐《ふがい》なさを責める悔恨となって喉元を締め上げる。

「一条になにを盗られたんです？　鞄と言ってましたが、財布《さいふ》もなかに？」

熱心に尋ねられ、綾瀬は薄い唇を引き結んだ。

「……財布だけじゃないんですね？　なんですか？」

綾瀬の心中を見透かしたように、許斐が視線を低くする。

「…薬です」

言葉にするつもりはなかったのに、吐き捨てるように言葉がもれた。

「薬？」

驚いたように、許斐の声が高くなる。

「どんな薬ですか。僕も色々と取り扱っていますが、あの薬局で君でも買える薬となると限られますよね」

どんな種類の薬物を連想したのか、許斐が真剣に眉を寄せた。

「風邪…薬です…」

「…風邪薬？　普通の？　そんなもの一体誰が必要なんです……。…狩納君だなんて言わないで下さいよ」

わずかに押し黙った後、許斐が殊更戯《ふざ》けたように狩納の名を口にする。無論、冗談のつもりなのだろう。しかし唇を引き結んだままの綾瀬の沈黙に、徐々に許斐の表情が曇った。

「……まさか…。本当に？」

自分の言葉が信じられないというように、許斐が眼を剥《む》く。

この男でも、こんな表情をするのだろうか。

新鮮な驚きと共に、綾瀬は迷いながらもちいさく頷いた。

「……地球が、滅《ほろ》びるかもしれませんね…」

決して誇張《こちょう》には聞こえない声音で、許斐が唸る。演技とは違う許斐の当惑に、綾瀬は力なく首を横に振った。

「薬のことは……もう、いいんです…」

「よくありません。僕が責任を持って、取り返してきますから」

「……え…？」

思わぬ言葉に、綾瀬が初めて視線を上げる。

「大切なものなんでしょう？」

尋ねられ、綾瀬は戸惑いながらも頷いた。

「決まりですね。では、綾瀬君も車に乗って下さい」

にこりと笑い、許斐が背後に止めた車へと綾瀬を促す。今度こそ綾瀬は、声も上げられないほど驚いた。

「な、なにを言ってるんですか」

「僕を信じてもらうには、これが一番いい方法だと思います。僕がただ鞄を取り返してきても、自作自演だと言われてしまうでしょう？」

それに、と言葉を切り、許斐が双眸に溜めた笑みを深くする。

「狩納君と僕との思い出話をお聞かせするという特典《とくてん》もおつけしますよ。どうですか」

やさしい笑みを向けられ、想像以上の強さで胸がぎくりと弾んだ。

「…ホテルでお話しした話の続きも、気になっていらっしゃるでしょう?」

「や、やめて下さい…」

誘惑を断ち切るように首を振り、綾瀬は半歩後退った。

手首を摑む指を解かれた今なら、走って逃げることもできる。そうと解っていながらも、走り出せない自分の体が綾瀬には不思議だった。

許斐は本当に、狩納の薬を取り返してくれるのだろうか。

考えてはいけない誘惑が、綾瀬を躊躇《ちゅうちょ》させた。

狩納のため、一刻も早く薬が欲しい。

もう一つ、狩納の過去という言葉が、怖いほどの鮮明さで胸に焼きついていた。駄目だと知っていながら、胸の奥に崖《がけ》を転がり落ちる寸前に覚えるような、奇妙な均衡《きんこう》の狂《くる》いが生じる。

「絶対に君に危害を加えることはしません。お願いします」

助手席の扉を開いた許斐が、真っ直ぐに綾瀬を見た。

逃げなければ。

最後の警鐘《けいしょう》が、頭のなかで鳴り響く。しかしその音とは裏腹に、綾瀬は助手席に向かい、一歩を踏み出していた。

怖い話を聞くのに、秋では少し季節外れだ。聞かされる怪談《かいだん》の舞台が冬であれば、尚更《なおさら》だろう。

そもそも綾瀬は、怪談が聞きたいわけではなかった。しかし穏やかな許婓の声音は、いつの間にか綾瀬の拒絶《きょぜつ》など無視し、逃れることを許さない冷気を孕《はら》み始めていた。

許婓が語る十二月の寒さが、綾瀬の胸の内側で、細い声を上げアスファルトの上を走る。


フェンスを巡らせた広い駐車場の一角に、数人の高校生の姿があった。

急速に近づいてくる夜の気配に、手足が痺れるような寒さが混ざる。

「えらく派手にやってくれたじゃねえか」

噛んでいたガムを吐き出し、髪を短く刈り込んだ少年が声を絞った。

その傍らには、同じ高校の制服を身につけた少年たちが、一人の生徒を囲むように立っている。

まだ子供っぽい面影《おもかげ》を残している者もいるが、そのほとんどが少年と呼ぶには似つかわしくない、立派な体格の持ち主たちだ。皆一様に制服の裾《すそ》をだらしなく垂《た》らし、なかには短い顎鬚《あごひげ》まで蓄《たくわ》えている者もいる。

無気力に時間を空費《くうひ》することに慣れ、どろりと濁《にご》った少年たちの目のなかに、今は獲物《えもの》を見出した輝きがあった。一人では決して動き出す勇気を持たないものの、集団になることで発揮《はっき》される無謀《むぼう》さが、少年たちを高揚《こうよう》させている。

「お前のせいで、木村《きむら》がこんなひでぇ怪我したんだぜ」

顎髭の男が、背後に控《ひか》えた少年の一人を顎で示した。

木村と呼ばれた少年は、分厚い包帯《ほうたい》が巻かれた左腕を庇うように、肩からコートを羽織《はお》っている。

「あんな場所からバイク蹴《け》り落としやがって。直撃してたら、即死だぜ?」

厳《いか》つい体格の少年が、唇の端に唾《つば》を溜め、太い声を出した。

「関野《せきの》の言う通りだぜ。骨折だけで済んだけど、もっと大きな破片《はへん》が当たってたら、俺本気で死んでたっての」

薄い唇を歪め、木村が傷ついた左腕を突き出してみせる。

「死にゃあよかったのに」

取り囲まれていた学生の口から唐突に、低い声が、闇を殺《そ》ぐように響いた。

不遜《ふそん》で、奔放《ほんぽう》な若々しさを含んだ声だ。

取り囲む少年たちが、虚《きょ》を衝《つ》かれたように視線を上げ、息を呑む。

「大層《たいそう》な包帯を巻きやがって。どうせ掠り傷なんだろう?　その程度で騒ぐんなら、本当に骨が折れたら、ショック死すんじゃねえの」

半歩、アスファルトへ踏み出した青年の動きに合わせ、周囲の闇が、ざわりと蠢《うごめ》いた。ぼんやりとした外灯《がいとう》の光に、濃紺のコートを羽織った青年の姿が浮かぶ。

ずば抜けて、背の高い男だった。

制服を身につけているものの、甘さを削ぎ落とした男の容貌は、決して高校生らしくはない。冬物の制服の上からも、発達した筋肉や、力強い手足の長さが見て取れた。大人の男として、十分に通用する体格のなかに、薄い刃《やいば》のような気配がひそんでいる。

それが唯一、男を実際の年齢に近づけて見せる、鋭角《えいかく》的な若さだ。

「な、なんだとォ」

顎を反らし、男の容貌を見上げたまま、木村が唸るように吐き捨てた。

「木村に謝《あやま》れ！」

顎髭の少年が、叫ぶ。

「大体てめぇは中坊の頃からむかつく奴だったんだ」

「そうだ！　今日こそは筋を通してもらおうじゃねえか。今までの態度も、木村への詫《わ》びも、きっちりな！」

先程関野と呼ばれていた少年が、巨体を揺すって掠れた笑い声を上げた。

「当然お詫びの気持ちは形にしてもらわなきゃいけねえから、慰謝料《いしゃりょう》も忘れちゃ困る」

視線を見交わした少年たちが、にやにやと笑みを溜めた。

「さあ、手ぇついて謝れよ。狩納！」

吠《ほ》えるように、木村が青年の名を口にする。

青年は唇を引き結んだまま、自分を取り囲む少年たちを見回した。一人、二人と、頭数を眼で確かめ、顔を確認するように視線を動かす。

「…いくらお前でも、こんだけ人数がいちゃ不利だぜ」

煙草《たばこ》へと火を入れた短髪の少年が、狩納の眼の動きを追い、嘲笑《ちょうしょう》を浮かべた。

確かに多対一では、あまりにも分が悪すぎる。腕に包帯を巻いた木村はともかく、他の五人は、誰もが腕に自信のありそうな者ばかりだ。

「財布出して、ごめんなさいしちまえよ」

煙草を銜えた少年が、伸び上がるように狩納の頭へ腕を上げる。

高い位置から見下ろされるのが不愉快《ふゆかい》なのか、少年の指が堅い狩納の髪を鷲掴みにした。

「汚ねぇ手で触るなよ」

悠然《ゆうぜん》とコートへ両手を突っ込んだまま、狩納が煩わしげに吐き捨てる。

かぁっと、少年の顔に怒気と共に血の気が上った。

「粋《いき》がるのも大概《たいがい》にしとけよっ」

怒声と同時に、大きく振り上げられた拳《こぶし》が、狩納の顎を見舞う。

「……っ」

強く固められた拳が、骨にぶつかりがつんと鈍《にぶ》い音を立てた。

低い呻きを上げ、狩納が肩を揺らす。

取り囲む少年たちが、息を呑んだ。

しかし、狩納の長身は倒《たお》れない。

踏みとどまった狩納を見上げ、少年が拳を解きながら忌々しげに唇を歪めた。殴《なぐ》りつけた拳こそが、苦く痺れたのかもしれない。

それでも、あの生意気な狩納北を殴ってやったのだ。仲間の前で、思わぬ手柄を上げ、興奮を覚えたのだろう。少年は痺れた指を開閉しながら、自慢気《じまんげ》な笑みを浮かべた。

「いい機会だ。俺が年上に対する口の利き方ってのを、教えてやるよ」

吐き捨てざま、少年が再び拳を振り上げる。

拳は、真っ直ぐに狩納の顔を狙《ねら》った。

「そりゃ楽しみだな」

曇りのない声が、ぼそりとアスファルトに落ちる。

それが狩納の唇からもれた声だと気づいた時、少年は拳を振り上げたまま、驚愕《きょうがく》に大きく双眸を見開いていた。

「な…」

周囲の少年からも、思わずといった声がもれる。少年の拳が狩納の顎を掠めるより速く、男の足が恐ろしい速さで宙《ちゅう》を切った。

ごつりと、鈍い音が響く。

先程顎を殴りつけた音などとは、比べようもない。重い音を立て、狩納の足が少年の腹部へとめり込んだ。

「が……」

目を見開いた少年の体が浮き上がり、玩具《がんぐ》のように軽々とアスファルトを転がる。勢いよく倒れ込んだ仲間を、取り囲む少年たちは、しばしなにが起きたのか解らない表情で見下ろしていた。

身を切る冷たい風が、押し寄せる夜の闇と共に、少年たちの首筋へと注ぐ。

「な、中山《なかやま》っ」

我に返り、叫んだ少年の襟首を、無造作に伸びた男の腕が摑んだ。

「ひぃぃぃっ」

甲高《かんだか》い悲鳴を上げた少年の目に、闇よりも暗い長身の影が落ちる。

「ちゃんと覚えておけよ、先に殴ってきたのは、お前らだ」

切れた唇の端から、赤い血が伝う。それを拭《ぬぐ》うことなく、狩納がにやり、と、楽しげに笑った。

その後に繰り広げられた地獄《じごく》絵図の凄惨《せいさん》さは、少年たちにとって、一生忘れ難いものとなっただろう。

多対一であることなど問題にならないほど、狩納の暴力は圧倒的だった。

自らが殴った数より、はるかに多く、そして強烈《きょうれつ》な拳を見舞われた後、少年たちは車で浜辺《はまべ》に向かうよう強制された。

隙を見て、逃げ出すことなどできるはずもない。徹底《てってい》した暴力と恐怖に支配され、少年たちは言われるがまま車を走らせた。

がつ、がつ、と、薄いシャベルの歯が湿った砂を噛む。

波打《なみう》ち際を遠くに見ながら、制服を着た五、六人の人影が手にシャベルを持ち、砂浜を掘《ほ》っていた。

夏であれば、海岸《かいがん》で花火を楽しむ若者もいるだろう。しかしこの季節、闇に包まれた浜辺に足を向ける物好きは少ない。

車道に並んで立つ外灯の明かりだけが、砂浜をぼんやり照らしていた。

「さっさと掘らねえと、夜が明けちまうぞ」

コートに両手を突っ込み、狩納が不機嫌な声を飛ばす。

砂地から顔を出した防波堤《ぼうはてい》に、狩納一人が風を避け座っていた。

ほんの少し切れた唇の端へ舌で触れ、新しい煙草を銜える。唇だけではなく、端正な頬骨の上にも、真新しい掠り傷が浮いていた。裸《はだか》になれば、背中や足、腕にも、似たような傷を見つけることができるだろう。

しかしどれも、男にとっては大した怪我ではない。

唇の端を微《かす》かに吊り上げ、狩納は肩を竦めるようにして、煙草へと火を入れた。

あたたかそうなライターの火を、シャベルを握る少年が羨《うらや》ましげに見る。シャベルや、あるいは板《いた》切れで砂を掻き出す少年たちは、皆防寒具《ぼうかんぐ》どころか、制服の上着さえ身につけていない。切りつけるように冷たい風のなか、ニット一枚で穴を掘り下げる少年たちの額には、薄い汗が浮いていた。

「ま、まだ掘るんですか」

息を弾ませながら、一人が問う。

数時間前、狩納に謝罪《しゃざい》を要求した態度とは一転し、その言葉遣いは丁寧なものだ。

にやりと、狩納が口の端を歪める。

少年たちはいまだ、この深い穴をなんのために掘らされているのか、その理由を知らない。不安が、海鳴《うみな》りを孕んだ闇の深さと、風の冷たさを弥増《いやま》す。

板切れで穴から砂を掻き出していた木村が、青ざめた額から砂を払った。その左腕からは、すでに包帯が外されている。

包帯の分厚さに反し、左腕に負っていたものは、怪我などと呼べるものではなかった。数日前、たまたま高架からバイクが転落してきた事故の現場に居合わせた木村の腕には、衝撃で跳ねた石が掠めた、ちいさな痣《あざ》が残っているだけだ。

「どの程度まで掘れたんだ」

ゆっくりと近づいた狩納の長身を、シャベルを握る少年たちが緊張した視線で見上げる。

風を避けるため、狩納は毛皮のついた外套《がいとう》の襟を立てた。

「まあ、こんなもんか」

足元に深く穿《うが》たれた穴を見下ろし、狩納が軽く眼を見開いてみせる。

暗い砂浜には、少年たちが六人がかりで掘り下げた穴が、暗く口を開いていた。一メートル以上はあるだろうか。幾重にも影が重なるせいで、底までははっきりと見えない。

「も、もういいだろう…？」

顎髭を蓄えた少年が、上擦った声で問う。

今は髭の印象よりも、顔の半分を占め、緑色っぽく変色した痣の方が目立っていた。

「なにがだ」

「狩納君が言う通り、こうして穴も掘ったんだ。か、帰ってもいいだろうっ？」

一秒でも早く、この場から逃げ出したい。

寒風に晒《さら》され、極度の疲労に血走った少年たちの目が、懇願《こんがん》するように狩納を見た。

「おいおい、面白くなるのはこれからなんだぜ？」

楽しげに笑った狩納が、煙草の灰を砂浜に落とす。

「い、いい加減にしろぉぉ…っ」

憤《いきどお》りの激しさに、張りつめていた精神が、その限界を超えたのだろうか。突然裏返った叫びを上げ、顎髭の少年が握っていたシャベルを振り上げた。

加勢《かせい》に、入らなければ。

疲弊《ひへい》し切った少年たちは、目を見交わしたものの、狩納を取り押さえるために踏み出すことはできなかった。

「死ねぇぇっ」

怪我と重度の労働で、少年の腕がふるえる。血走った目を見開き、それでも少年は、狩納の頭目がけ重いシャベルを振り回した。

「懲《こ》りねぇ奴だな」

煩わしそうに吐き捨てた狩納の足が、迷いなく少年の腹を蹴る。

「ぐ…っ」

少年の体の内側で、悲鳴が潰《つぶ》れた。

避けることもできず、呻いた少年が仰向《あおむ》けに吹っ飛ぶ。息を呑んだ仲間たちの視線の先で、足を踏み外した少年の体が、穴へと落ちた。

「ぎゃ…ぁ…」

深く掘られた穴の底から、不気味な悲鳴が上がる。

ぽっかりと口を開いた、地獄の釜《かま》の底から響く亡者《もうじゃ》の声のようだ。

ひぃっと息を呑み、取り残された少年たちが砂の上を後退る。

「用意は終わったな。それじゃあ、西瓜《すいか》割りを始めようぜ」

ぐるりと一同を見回した狩納に、少年の一人が力なく首を横に振った。

「す、西瓜割りだとォ？　西瓜なんて、どこに…」

穴のなかで、幽鬼《ゆうき》のように悲鳴を上げ続ける少年の傍らに、狩納が膝を折る。

にぃぃっと、機嫌のよい笑みが狩納の容貌を飾った。

「ここにあるじゃねぇか。立派な西瓜が」

にこやかな笑みのまま、狩納が大きな掌でぽんぽん、と少年の頭部を叩く。

吹きつける海風のせいばかりでなく、少年たちは全身から、ぞっと血の気が引くのを感じた。

叫び続けていた少年が、悲鳴の形に口を開いたまま、ぴたりと音を止める。土気色《つちけいろ》になり、がくがくとふるえ始めた少年の傍らから、狩納はのっそりと立ち上がった。

「頭だけ出るように、こいつを埋めろ」

「や、やめてくれぇぇっ」

狩納の指示に、絶叫が上がる。

少年が、虫のように穴から這《は》い出ようとしたが、無駄だった。

傷つき、焦る手足で砂を掻き分けることは難しい。砂を掴もうと伸ばされた少年の手を、狩納が堅い踵《かかと》で踏みつける。

「ぎゃぁぁっ」

「おら、早くしろ。鈍い奴は、二番目の西瓜にすっぞ」

その脅しは、絶大だった。

シャベルを握っていた連中が、弾かれたように砂を掬う。

「嫌だっ、やめろォっ」

逃げ場がなく、泣き出した少年の体へ、湿って重い砂が次々と注がれた。

「裏で糸を引いてた、首謀者《しゅぼうしゃ》の名前を吐いたら、勘弁《かんべん》してやってもいいぜ」

機嫌のよい狩納の声が、闇よりも不気味なやさしさを含み、響く。新しい煙草をのんびりと取り出しながら、狩納が胸のあたりまで埋められた少年を見下ろした。

「し、首謀者……？」

飛び出しそうなほど目玉を見開き、少年が虚《うつ》ろに繰り返す。

「俺狙うなら、力を貸してやるって、どっかのバカに入れ知恵されたんだろ？　さっさとそいつの名前、白状しちまえ」

眼を細めた狩納を見上げ、丸太のように立つ少年が、ぶるりと身をふるわせた。奥歯がかたかたと、音を立てて鳴る。

無言のまま、穴へ投げ入れられる砂は、すでに少年の肩を越していた。湿気を含んだ砂は重く、もう身を捻ろうと、這い上がってくることはできない。

「本職か？」

狩納の声音に、凶暴な笑みが宿《やど》る。

それは少年たちを取り囲む闇よりも、暗く冷たい。

ぎょっとして目を逸らした少年の唇は、完全に血の気を失い、老人のように張りを失っていた。

「言いたくねえってか」

ふるえる唇を、懸命に引き結ぼうとする少年を見下ろし、狩納が嘆息する。気のない仕種で、狩納は銜えていた煙草に火を入れた。

「ま、いいや。あっさり吐かれちゃ俺としてもつまんねえし、それに」

ごうごうと、強さを増してきた風を受けながら、狩納が眼を細める。

地獄から吹き上げるかのような風さえも、黒々とした男の影に支配されている錯覚を覚えた。砂の上に、頭だけを突き出す少年の異様《いよう》さも、この世の光景とは思えない。

砂を被《かぶ》せ終えた少年たちが、今にも逃げ出したそうにシャベルを投げ、後退る。

「せっかくこんだけ頑張って準備したんだ。ここでお開きにしちまったら、お前らだって残念だもんなあ？」

半ば腰を抜かしたように、茫然と砂浜へ座り込んだ少年たちを、狩納が眺める。疲労困憊《こんぱい》し、埋められた仲間を凝視する少年たちに比べ、狩納にはわずかな疲弊の色もない。

男は明らかに、この現実を楽しんでいた。

「いい加減夜目《よめ》にも慣れただろ。目隠しが要《い》るか」

周囲を見回し、狩納がゆっくりと煙草の煙を吐き出した。

だらだらと、氷のような冷や汗を流す少年たちは、すでに口を開く気力もない。

ここにいれば、必ず殺される。

しかし、逃げる術はなかった。殺される順番を待つ、家畜《かちく》と同じだ。

「誰からやる？　シャベルの他に、さっき拾ってきたゴルフクラブもあるからな。好きなものを使っていいぞ」

ひぃっ、と、埋められた少年が悲鳴を上げる。砂浜に座り込んだ少年たちも、投げ出されたシャベルに目を落とし、思い出したように泣きそうな声を上げた。

仲間の頭を、割れと言うのだ。

現実とは思えない深い闇が、すぐそこまで迫っている。否、自分たちはすでにその闇に、頭からぱっくりと、飲み込まれてしまったに違いない。

放心したように繰り返される少年たちの悲鳴が、潮騒《しおさい》に掻き消された。

「夜明けまではまだ時間があるんだ。誰かが名前を教えてくれるまで、ゆっくり遊ぼうぜ」

決して本物の笑みに緩《ゆる》むことのない狩納の双眸が、形だけの笑みに、にやりと歪んだ。

「……一巡目は幸いにして、西瓜は無事でしたが、二巡目で遂《つい》に…、一人の少年が手にしたシャベル

が、西瓜を真上から勢いよく……

「うわぁぁ……っ」

堪《こら》え切れず、綾瀬は悲鳴を上げ、かけていたソファから腰を浮かせた。

「ど、ど、どう…なったんですか…？」

悲鳴の響きを引きずった声で、思わず尋ねる。

結末《けつまつ》を聞きたい。

しかし、同じだけ、聞きたくもない。

明るい光に満ちたホテルの喫茶室《きっさ》に座り、綾瀬は全身を耳にして、許斐が語る昔話に聞き入っていた。

許斐の車でこのホテルへ連れてこられ、すでに一時間近くが経とうとしている。すぐにでも、鞄を奪った一条という男の元を訪ねるのかと考えていた綾瀬の予想を裏切り、許斐が案内したのがこのホテルだった。

許斐が真っ直ぐに向かった喫茶室は、ロビーよりも半階高くなっており、席によっては、ロビーをほぼ一望できる。

最初は許斐に対する警戒《けいかい》心から、胃《い》が痛くなりそうだった綾瀬だが、狩納の話題が切り出された途端、それどころではなくなってしまった。

「…そりゃあ西瓜割り大会の西瓜はね、割られるためにあるんですよ」

深刻な表情で、許斐が声を落とす。

「そんな…、す、西瓜って…」

テーブルの上に置かれたグラスのなかで、溶け始めた氷がからん、と場違いなほど爽《さわ》やかな音を立てた。

上手く声を上げられない綾瀬の隣を、硝子《ガラス》の器《うつわ》に盛られた果物《くだもの》を手にした給仕係《ボーイ》が、優雅《ゆうが》に横切る。器には、南国の果物に交ざり、三角形に切られた西瓜が載せられていた。

西瓜。

浜辺から突き出した、少年の頭が思い浮かぶ。

浜辺に埋められた西瓜は、本当に割られてしまったのだろうか。赤い果肉《かにく》の色を目にした途端、綾瀬は頭の芯《しん》が、暗くなるのを感じた。

「…大丈夫ですか、綾瀬君」

ぐったりと、ソファへ体を預けた綾瀬を、許斐が気遣う。

悲鳴を上げる気力さえ失った体のなかで、心臓だけがどきどきと、奇妙なほど大きく脈打つのが解った。

「……高校生の頃の狩納さんって、本当に、そんな……」

絞り出した言葉が、続かない。

綾瀬には他校生と殴り合いの喧嘩《けんか》をすること自体、想像もつかないのだ。無論、やむにやまれぬ事情がある場合もあるだろう。しかし少なくとも、綾瀬自身は決して、そんな学生生活を送ってはこなかった。

「この一件は、狩納君を知る人間の間では、真冬の西瓜割り事件と呼ばれていたそうです。まあ、それも狩納君の武勇伝《ぶゆうでん》の、ほんの一部でしかありませんが」

武勇伝というより、むしろご乱行《らんぎょう》と言った方が正しいでしょうか。

相変わらず重々しい口調で、許斐が深い嘆息を絞り出した。

「……ほ、ほんの一部…？」

繰り返した声が、無様に裏返る。

人を浜辺に生き埋めにするなんて、一生に一度あれば十分だ。できることなら、その一度だって遠《えん》慮《りょ》したい。

「中学時代から、狩納君は随分無茶をしていましたから……」

「ちゅ、中学時代からっ？」

またしても、綾瀬の唇からこぼれた声は、不自然に毛羽《けば》立ったものだった。

「…意外、ですか？」

上目遣いに綾瀬の様子をうかがいながら、許斐が尋ねる。

すらりと長い足を優雅に組み、少し腰を捻り加減に座る許斐は、瀟洒なホテルの喫茶室に、嫌味《いやみ》なほどよく似合っていた。

「意外……って、いうか…」

乾き切った唇で、しどろもどろに応える。

「綾瀬君、狩納君の事務所でアルバイトを始めたんでしょう？　仕事中の彼は、常に紳士的というわけではないんじゃないですか」

やさしい許斐の問いかけに、綾瀬は危うく頷いてしまうところだった。

「それとも、君の前でだけ、狩納君は猫《ねこ》を被っているわけでしょうか」

ちいさく首を捻ってみせる許斐に、綾瀬が唇を引き結ぶ。

脳裏に、悲鳴を上げ、狭い雑居《ざっきょ》ビルの階段を転がり落ちる男の姿が蘇った。

仕事の関係者だというその男は、狩納の不興《ふきょう》を買い、造作なく階段から蹴り落とされ、踏みつけにされたのだ。

それだけではない。染矢が経営するオカマバーでアルバイトをさせてもらった時も、狩納は綾瀬を揶揄った客を、容赦なく打ちのめしたではないか。

無論、狩納がただ恐ろしく、乱暴なだけの男だとは思わなかった。しかし学生時代からすでに、狩納のなかに度を超えた暴力の萌芽《ほうが》があったのだとしたら、それは酷く恐ろしいことのように思えた。

不安を口にした綾瀬に対し、許斐の話が本当だとしたらどうすると、そう尋ね返した狩納の声が蘇る。

「………俺、やっぱり帰ります」

絞り出すように、綾瀬は声をもらした。

頭の奥が、割れそうに痛い。

考えなければならないことは沢山あるはずなのに、なに一つ思考《しこう》がまとまりそうになく、綾瀬は席を立とうとした。

「待って下さい。鞄はどうするんです?」

悠然と膝を組んだまま、許斐が尋ねる。

「…ぁ…」

狩納の思い出話に熱中するあまり、大切なことを忘れていたらしい。

動きを止めた綾瀬を、許斐が上目遣いに眺めた。

「…僕だって、狩納君の悪口を吹き込みたいわけじゃない。だけど、君のことを考えると…。君が騙《だま》されているのなら、僕は君の力になりたいんです」

弾かれたように、綾瀬が首を横に振る。

「だ、騙されてなんていません」

上擦りそうになった声で、綾瀬はそれでもきっぱりと断言《だんげん》した。

「本当でしょうか?」

疑わしいと言わんばかりの表情で、許斐が眼を細める。

「あれを見て下さい」

静かな声で促され、綾瀬はぎこちなく背後を振り返った。

分厚い市松模様《いちまつもよう》の絨毯が敷かれたロビーでは、ソファで歓談《かんだん》する外国人旅行客や、忙しそうに歩くサラリーマン風の男たちの姿が見える。

「…あ…！」

許斐の視線を追い、ロビーを見回した綾瀬の唇から、細い声がこぼれた。

正面入り口に近いソファで、三十を過ぎたサラリーマン風の男と、黒い皮のパンツを身につけた、痩身の男とが向かい合って座っている。

「あ、あの人っ……」

「一条君みたいですねえ」

許斐は約束通り、鞄を奪った一条の元へ、綾瀬を連れてきてくれたのだ。

しかし許斐が座る位置からなら、もっと早く一条の存在に気づいていたのではないか。

疑念《ぎねん》は湧いたが、今はそんなことに構ってはいられない。

「一条君から、今日ここで仕事の打ち合わせをすると聞いていたんです。予定通り、進んでいるようで、よかったですね」

「お、お世話になりました。俺、一条さんに言って、鞄を……」

焦る気持ちで、喫茶室を飛び出そうとした綾瀬を、許斐が笑顔で引き留めた。

「待って下さい。面白いのは、これからです」

「なにを……」

強い力で肩を摑まれ、綾瀬が視線を迷わせる。うかうかしていると、一条が席を立ってしまうかもしれない。腕を振り払い、走り出そうとした綾瀬の肩を摑んだまま、許斐がロビーを指で示した。

「真打ち登場という奴ですね」

与えられた言葉の意味も解らないまま、綾瀬が許斐の視線を追い、ロビーを見る。

「な……」

今度こそ、綾瀬は叫び出しそうになった。

「か、狩納さ…ん……」

からからに乾いた舌が、もつれながらも男の名を絞り出す。

正面の入り口を、酷く長身な男が、恐ろしい勢いで通り抜けた。

すれ違ったサラリーマンらしき男たちが、ぎょっとしたように視線を上げる。ドアマンでさえ、大《おお》股《また》にロビーを横切った男を、驚きと畏怖《いふ》を込めた目で見上げた。

明るいロビーに、突如《とつじょ》怒りを纏《まと》った黒い影が落とし込まれたようだ。

「どうして……」

「僕が、連絡《れんらく》を入れておいたんです」

機嫌のよい声で応えられ、綾瀬は驚いて許斐を見た。

「…え……?」

「一条君のせいで、綾瀬君は帰りが遅くなる、って。でもあの様子だと、狩納君はなにか、早とちりをしているかもしれませんねえ」

「どういうことですか」

上擦る声で応えた綾瀬に、許斐がにこりと笑う。

「一条君が君を連れ去ったと、そう思っている可能性もあるということです。狩納君、短気ですから」

いかにも困った様子で嘆息しながらも、許斐の唇には機嫌のよい笑みがあった。

「そ、そんな、狩納さんは…」

冷たい汗が、背中を流れる。一条が自分から奪ったのは、鞄だけだ。

「行かなきゃ、俺……」

急《せ》き立てられるように呟き、ロビーへ降りようとする。しかし肩を掴む許斐の指が、それを許さなかった。

「放…」

「やめた方がいいですよ。一条君とではなく、この僕とデートしていたと、告白するつもりですか?」

誘惑する声音で囁かれ、綾瀬の肩がふるえる。

自分と許斐が二人きりで出かけたことを知れば、狩納がどんな反応をするか。それは想像の必要がないほど、明確《めいかく》なことだ。

「あっ」

突然頭上で上がった許斐の声に、綾瀬はぎくりとして視線を上げた。

「西瓜も、狩納君に気づいたようですよ」

「…西瓜……」

深刻な声音とは裏腹に、綾瀬へと囁いた許斐の声音には、楽しむような響きがあった。

大股にロビーを横切った狩納の長身は、迷うことなく一条が座るソファを目指していた。狩納の姿を見つけた一条が、ぎょっとして組んでいた足を解く。

見開いた綾瀬の視界のなかで、一条が狩納に対し、青ざめた顔でなにか言葉を投げる。一条と歓談していた男が、腰を浮かせ、すぐに狩納の胸元へ摑みかかった。

怒りを溜めた狩納の眼が、男を見る。男が次の言葉を口にするより早く、狩納の指が男が銜えていた煙草を摘み取った。

「や…」

細い悲鳴が、綾瀬の唇からもれたが間に合わない。

抗議を続ける男の掌へ、狩納が火のついた煙草を、無造作に押しつける。

声にならない悲鳴が、ロビーに響き渡った。

「狩……」

「おやおや、酷いことを」

表情一つ変えないまま、許斐が肩を竦める。

ホテルの従業員《じゅうぎょういん》がすぐさま駆けつけようとしたが、狩納はそれを視線で遮った。

背中を丸め、火傷《やけど》を負った手を庇う男へ、失せろ、と短く命じたに違いない。男は辛うじて鞄を抱え上げると、戸惑う一条を残し、転がるようにロビーから逃げ出した。

「やっぱり真冬の西瓜割りならず、晩秋《ばんしゅう》の西瓜割り大会が始まりそうな雲行《くもゆ》きですね」

溜め息交じりに呟かれ、唖然《あぜん》として立ち尽くしていた綾瀬の背中が竦み上がる。

「怖いですねえ。君と僕が一緒にいたことがばれたら、あの調子じゃなにをされるか解りません」

ロビーへ向け、走り出そうとした綾瀬の肩を摑み、許斐が静かに光る眼で笑う。輝きの奥に、作り物とは違う、本物の喜びの色があった。

「逃げてしまいませんか。あの男から。勿論、生活の保障は僕が必ずしてあげます」

「な、なにを言って…」

「あんな狩納君を見れば、君だって自分が騙されていたと解るでしょう。僕は、君が狩納君の暴力に怯えて暮らす姿を見たくない」

ごくりと、自分の喉が不自然な音を立て、喘《あえ》ぐ。

狩納の怒りの激しさを目の当たりにして、それでも男の暴力的な部分を畏れないとは、決して言えない。一条を見る狩納の眼には、拭い難い怒りの色があった。

あの怒りを、自分に向けられたならどうなるか。

本能的な恐怖と不安に、目眩《めまい》がしてくる。

「あっ」

再び頭上で響いた許斐の声に、ぎょっとして心臓が跳ね上がった。

「こ、今度はなんですかっ」

瞬《まばた》くことも忘れ、見開いた視線の先に、狩納が一条の頭を、指の背で軽く叩く姿が飛び込んでくる。

「西瓜の品定めって感じですねえ…」

愕然《がくぜん》とする綾瀬を横目で眺め、許斐が納得顔で頷いた。

どくどくと、胸の奥で鼓動が速くなる。恐怖に、心臓が口から飛び出してしまいそうだった。

「今狩納君に捕まったら、僕らも西瓜、間違いなしです」

頭のなかに、浜辺に埋められ、頭だけを覗かせる許斐の姿が浮かぶ。

それは決して、滑稽《こっけい》な図ではなかった。むしろ少しでも滑稽だと感じる部分があれば尚更、胸の恐怖心は水位を増す。

ぶるり、と大きく体がふるえた。

砂に埋まる許斐の隣には、同様に埋められた一条の姿があるはずだ。西瓜のように据えられた一条の頭を思い描こうとして、綾瀬は大粒の瞳を見開いた。

真っ赤な西瓜の果肉が、脳裏に浮かぶ。

考えては、いけない。解ってはいたが、恐怖のあまり、綾瀬は自らの想像から目を逸らすことができなかった。

「駄目…ですっ。早く誤解を解かなきゃ……」

竦んでしまいそうな足を鼓舞《こぶ》するよう、力任せに許斐の腕を振り払う。

許斐が言う通り、事の発端《ほったん》は自分が許斐の誘いに乗ってしまったことだ。それを知れば狩納の怒りはいや増すこと間違いない。解ってはいたが、だからといって逃げ出すことはできなかった。

「君が出ていけば、火に油《あぶら》を注ぐだけですよ。君まで西瓜にされてしまったら、僕は…」

「か、構いませんっ」

吐き出した声に、気持ちが決まる。

叫び、綾瀬は許斐の体を押し退けるように喫茶室を飛び出した。コーヒーを運ぼうとしていた給仕《ボーイ》係が、驚いたように身をかわす。

給仕係以上に、取り残された許斐は呆気《あっけ》に取られた表情で、階段を駆け降りてゆく綾瀬を見ていた。止めなければ。

浜辺で少年たちを埋めた時にも、狩納はたった今、男に煙草を押しつけたように、同じ冷淡な気配を纏っていたのだろうか。

「狩納さん！」

悲鳴じみた綾瀬の声に、周囲の人影が振り返る。

構わず、綾瀬は立ち止まった人間を掻き分け、絨毯が敷かれた階段を駆け降りた。

「待って…っ」

掠れた叫びに、一条の襟首を摑んでいた狩納が振り返る。青ざめ、狩納の腕から逃れようと足掻《あが》く一条の視線もまた、綾瀬を探した。恐怖に引きつった一条の形相《ぎょうそう》が、砂浜に埋められた少年の顔に重なる。

「やめて下さい…！」

呆気に取られ、足を止めた客の間を縫い、綾瀬は狩納の腕に縋《すが》りついた。

「お願いですっ。西瓜割りなんて…」

一条を摑む腕を放させようと、懸命に狩納の腕を揺さぶる。

青年を締め上げたまま、狩納が突然駆け寄ってきた綾瀬を、まじまじと見下ろした。

「……綾瀬…」

絞り出された声が、発熱《はつねつ》のせいかわずかに掠れる。

躍起《やっき》になる綾瀬を見下ろし、狩納が一条を摑んでいた指を唐突に解いた。

「……わ…」

声を上げ、一条が床へと落ちる。

「お前、こいつに拉致《らち》られたんじゃ…？　ていうか……なんなんだ、西瓜ってのは」

状況が飲み込めず、珍しく混乱した様子で、狩納が綾瀬と一条を見比べた。

一条はいまだ恐怖に顔を引きつらせながら、絨毯の上で身を縮めている。

「俺、許斐さんに聞いたんですっ！」

上がる息を必死に押えながら、綾瀬は狩納が再び一条を捕らえないよう、スーツを指で摑んだ。

「許斐だぁ？」

発熱のため潰れた狩納の声が、いっそうの不快を帯び、低く掠れる。

鋭利な牙《きば》に、今すぐにでも喉笛《のどぶえ》を噛み切られそうな恐怖が、綾瀬の膝を力なくふるえさせた。

「こ、高校の時、狩納さんが冬の浜辺で、真冬の西瓜割り大会をしたって」

声が、掠れる。焦るあまり、上手く話が整理できず、綾瀬はもどかしそうにスーツを握る指に力を入れた。

「なんだそりゃ。それよりお前、どうしてここにいるのか説明しろ！」

大きな声で命じられ、綾瀬の背中がびくりと跳ねる。

一条に捕らえられたわけでなく、自分の意志で許斐と行動を共にしていたことを、男に告げなければならない。

しかしそれを告白したら最後、一条へ向けられる怒りはそのまま綾瀬へと転じられるだろう。

決めたはずの覚悟が、怒り狂う狩納を前にすると揺らぎそうになる。ひくりと、華奢な喉を喘がせた綾瀬の背後で、唐突に軽やかな笑い声が上がった。

「西瓜割りの西瓜になっても、構わない、ですか…」

ぎくりとして振り返った視界に、おっとりと笑う許斐の姿が飛び込む。

「許斐っ。お前がなんでこんな所にいるんだ…！」

「君が幸せになるのを、見届けるためでないことは確かです」

投げ遣りな口調で応え、許斐の眼が綾瀬を捕らえた。

「それにしても、綾瀬君は無鉄砲《むてっぽう》な人ですねえ。無垢《むく》なのか無知なのか、推し量《おはか》り難い」

心底から嘆息をした許斐へ、狩納が一歩を踏み出す。

「…てめぇの仕業《しわざ》か。許斐」

低く吐き捨てられた狩納の声に、綾瀬の薄い背中を悪寒《おかん》が駆け抜けた。

「狩……」

「仕業だなんて人聞きの悪い。そこにいる一条君に、綾瀬君が鞄を盗まれて困っているみたいだから、ちょっと力を貸してあげただけです」

許斐の言葉に、狩納が露骨に顔をしかめ、一条へ一瞥をくれた。

「…弁理士《べんりし》を使って、一条が綾瀬を連れて出たってデマ、俺んとこに密告ったのはてめぇだな」

「伝言ゲームになってしまったみたいですね。僕はちゃんとした情報を流してあげたのに」

許斐が直接連絡を取ったのでは、狩納は絶対にその情報を鵜《う》呑みにはしないだろう。許斐は狡猾《こうかつ》に、人伝《ひとづて》で狩納に情報を流し、誘い出したのかもしれない。

「君が大切にするこの子に興味がありましたから、丁度《ちょうど》いい機会でした」

笑った許斐が、綾瀬の両肩を両手で包んだ。狩納の眼に宿る、鋭利な怒りの色が、その濃度を増す。

「この子に振られたら、君はきっと、すごく傷つくでしょうねえ」

薄い許斐の唇が、作り物めいた動きで優雅に笑った。

「図星《ずぼし》でしょう？」

向けられているだけで、胸を抉《えぐ》られそうな狩納の眼光を受け止め、許斐が眼を細める。

「僕も、綾瀬君が欲しくなってしまいました」

冷たい許斐の双眸は、決して笑ってはいない。

ざわり、と、今度こそ本当に、狩納を包む気配が、不快に逆立《さか》つ。

怒りの、気配だ。男の内側で、怒りが化学変化さながらに、臨界点《りんかい》を超える瞬間が、綾瀬にまで手に取るように解った。

ぞっとして身が竦む。床の上で縮み上がっていた一条が、引きつった声を上げ、這うように椅子の影へと伏せた。

一歩も動くことができなかった綾瀬の目の前に、恐ろしい勢いで突き出された狩納の腕が、許斐へと伸びる。あんな腕に捕らえられ、引き据えられたなら、どんな人間でさえ一溜まりもないだろう。

恐怖で強張《こわば》る胸に、呟きが落ちたが、綾瀬には不意に、それがどこか遠いもののように感じていた。

「あ、綾瀬君……」

驚きに満ちた声が、許斐の唇からこぼれる。

構わず、綾瀬は乱暴に伸ばされた狩納の腕へ、飛び上がるように縋りついた。

「やめて下さいっ」

きつく目を閉じ、叫ぶ。

「放せっ」

頭上から、割れるほどの声で怒鳴られたが、綾瀬は懸命に伸び上がり、男の腕に両手で縋った。

力任せに振り飛ばされれば、小柄な綾瀬など容易《ようい》に床へ叩きつけられてしまう。脳裏に、割れて真っ赤な果肉を晒す西瓜の映像が浮かんだが、綾瀬はしがみつく腕を解かなかった。

「こ、今回のことは、お、俺も悪かったんです…っ！　俺が許斐さんに、ついてきちゃったんだし…」

「…なんだと…？」

低く、唸るように吐き出された狩納の声音に、全身の骨が凍えた。血の気の引いた唇を引き結び、それでも狩納に縋る腕に、ぎゅっと力を込める。

今狩納がどんな表情をしているのか、視線を向け、確かめるのも怖い。

引き剥がされ、汚いもののように、投げ捨てられるだろうか。悲壮《ひそう》な覚悟を決めた綾瀬の傍らで、許斐が苦々しく眉を吊り上げた。

「これは、また……」

唸るように吐き出され、狩納の眼光が許斐を捕らえる。笑みのない眼で狩納を見返し、許斐が心底驚いた表情で眉をしかめた。

「…まさか自分で告白してしまうなんて。無垢にしろ、無知にしろ、こう実直な相手は初めてだ」

絞り出された声には、軽薄《けいはく》な笑みの気配はない。

思いがけず正直な嘆息をもらし、許斐が薄い唇を引き結んだ。

「……解りました」

懸命な力で狩納へとしがみつく綾瀬を見つめ、許斐が重く頷く。

「悪い男に騙されてる綾瀬君の目を、覚ましてあげることが僕の使命《しめい》のようですね」

「ち、違います！　騙されてなんかいません」

繰り返した綾瀬に、許斐が肩を竦め、真剣な表情で首を横に振った。

「洗脳《せんのう》されてるんですよ。狩納に。必ず助けてあげます。待っていて下さいね」

「黙れ、許斐！」

戸惑う綾瀬の頭上で、狩納が鋭く吐き捨てる。

懸命に縋る綾瀬の肩へ、長い男の腕が伸びた。力ずくで、引き剥がされるのだろうか。

怯えた綾瀬の体を、狩納の腕が強い力で包んだ。

「狩……」

驚く綾瀬を、堅く奥歯を噛みしめた男が見下ろした。しかし表情には、綾瀬に対するどうしようもない怒りの影はない。

代わりに苦い、焦燥にも似た色を見つけ、綾瀬はたじろいだ。

一息に、許斐と行動を共にした綾瀬を責めてしまえれば、男もこれほど苦しげな表情を作る必要はあるまい。

言葉を失った綾瀬を引き寄せ、狩納が底光りする眼で真っ直ぐに許斐を捕らえる。

「この礼はまとめてしてやる。今俺が切れる前に、さっさと失せろ」

蛇蝎《だかつ》を見る眼で追われ、許斐が広い肩を竦めた。

「尽量便一点幸福过快活吧。綾瀬。再見（精々短い幸福を楽しんで下さいね。またお会いしましょう。綾瀬君）」

優雅に一礼した男が、足取りも軽く正面の入り口へ向かう。許斐の背中を見た途端、ほっと胸の緊張が緩み、綾瀬はその場へ座り込みそうになった。

「……ったく…」

綾瀬が崩れ落ちるより早く、その背後でどさり、と重い体がソファへと落ちる音が響く。

驚いて振り返ると、狩納がソファへと体を投げ出していた。

「…まさか、許斐と一緒にいやがるとはよ…」

綾瀬を責める気力さえない横顔で、狩納が嗄れた声を絞る。

許斐の存在は、綾瀬が一条に連れ去られたと聞かされた以上の衝撃を、狩納に与えたに違いない。

唸りを上げた狩納の顔は、限界を超えた疲労に赤く濁っていた。

「か、狩納さん？」

ぎくりとして、狩納の額に腕を伸ばす。

緊張に冷えた綾瀬の指先とは逆に、狩納の額は焼けた石炭《せきたん》のように熱かった。

「…今更だけどよ。熱上がりそうだわ、俺」

呟いた男が、引き込まれるように瞼を伏せる。

「狩納さん…！」

ホテルの従業員を呼ぶことさえ忘れ、綾瀬は男の名前を繰り返した。


「大変だったわねえー」

受話器の向こうで、染矢がしみじみと呟いた。

「…でも、結局狩納さん、自分で車運転して帰ってきたんですけど」

からりと晴れた秋の日差しが、下ろしたブラインドの隙間から寝室へ差し込む。広い寝台の端で背中を丸め、綾瀬は昨夜の一件を思い出し、力なく笑った。

やはり許斐に関わると、ろくなことがない。一条に盗られた鞄が、無事手元に戻ったことが、唯一の救いだろう。

「まさか狩納、もう仕事に出てるとか？」

「いえ。今日は外出禁止ですよ。今は洗面所に行ってるだけです」

無理を押して外出した狩納の熱は、一晩越してもいまだ下がることはなかった。背後の扉を気にしながら、綾瀬が殊更ちいさく声を落とす。

一条から取り戻した薬は、確かに効果があったが、まだ狩納は満足に仕事ができる状態ではない。その狩納が席を外している間に、是非《ぜひ》染矢に尋ねたいことが、綾瀬にはあったのだ。

「実は…」

意を決し、綾瀬は声を絞り出した。

「俺、染矢さんにお尋ねしたいことがあったんですけど…」

戸惑いながら、乾いてしまった唇を舌の先で舐める。

「許斐さんが言ってた、あの真冬の西瓜割り事件って、本当なんですか…？」

それはずっと気になりつつも、どうしても狩納に尋ねられなかった言葉だ。

狩納は、許斐が言った通り、本当に少年を浜辺に埋めたのだろうか。それだけでなく、仲間に頭を割らせたなどというのが事実であったら、どうしよう。不安ばかりに追い立てられ、綾瀬は息を喘がせた。

「あ、頭が、割れ…ちゃったり…とか…」

赤い西瓜の果肉が脳裏をよぎり、ぞっとする。

痺れるほど強く、受話器を握りしめていた綾瀬の耳元で、染矢がちいさく笑った。

「…やっぱり狩納のこと、怖い？」

許斐と同じ言葉で尋ねられ、綾瀬がぎくりと息を詰める。

「俺は……」

「もしかしたら、一条って男、今頃浜辺に埋まってるかもしれないわねぇ」

「……え？」

のんびりと呟かれ、綾瀬は顔色を失った。

「だって狩納が、そんな男のこと許すわけないじゃない」

「お、俺は一条さんに監禁《かんきん》されてたわけじゃなくて…」

慌てて否定した綾瀬を、染矢が笑った。

「でも、綾ちゃんの鞄を盗ったのは、本当だったんでしょ？」

「それは……」

「ちょっと西瓜割りには時期が遅いけど」

「ま、待って下さい！　そんな…っ」

思わず叫んだ綾瀬の耳元で、ぶつり、と鈍い音を立てて回線《かいせん》が切られる。

ぎょっとして上げた視界を、長身の影が塞いでいた。

「か、狩納さん…」

受話器を握りしめたまま立ち尽くした綾瀬の頭上へ、狩納の腕が伸びる。

殴られるの、だろうか。

悲鳴を上げることもできず、身構えた綾瀬の頭へ、ぽん、と狩納の拳が落ちる。

「いたっ」

大袈裟な悲鳴を上げたものの、痛みはほとんどない。

驚きながら、綾瀬は両手で頭を庇った。

「西瓜西瓜って、なに言ってやがんのかと思ったら…」

「…き、聞いてたんですかっ？」

上擦った声を上げた綾瀬に、狩納が眼を眇《すが》める。

怯える綾瀬を見下ろしたまま、狩納がどっかりと寝台へ腰を下ろした。いつでも隙のない、悠然とした狩納の挙動も、今日ばかりは怠《だる》い体を引きずるように、重く痛々しい。

「…で、お前、その話が本当だったら、どうするんだ」

寝台の上で、怠そうに長い足を引き寄せ、狩納が掠れた声で尋ねる。

「…え……？」

昨日と同じ問いを投げられ、綾瀬は瞳の色を脆《もろ》くした。

すぐには答えられない綾瀬を見下ろし、狩納が熱っぽい嘆息をもらす。ぎくりとして視線を上げると、狩納が苦い表情で寝台へ体を倒した。

「…実際、返事はあんま、聞きたくねえけどな」

ぼそりと、独り言のような声がもれる。

向けられた問いに綾瀬が躊躇するように、狩納自身、答えを受け止める準備は、整ってはいないのかもしれない。

戸惑う綾瀬の視線の先で、狩納が苦々しく顔を歪めた。

「許斐の野郎が、どんな脚色したかしらねえが、俺に喧嘩売ってきたバカを、砂浜に埋めたことは確かだしよ」

低い告白に、音がしそうなほどぎくりと、肺が竦む。

寝台に体を落としたまま、そんな綾瀬の反応を、男の視線が追っていた。真っ直ぐに狩納を見るべきか、迷った綾瀬の頬へ、普段よりもあたたかな男の掌が伸びる。

「……怖いか？」

幾度となく重ねられた問いが、またしても胸を打つ。

噛みしめるように、綾瀬はゆっくりと目を閉じた。

狩納が、怖いのだろうか。

それとも狩納に内在《ないざい》する、暴虐《ぼうぎゃく》さが怖いのだろうか。

いずれにせよ、それは綾瀬が共に生活すると決めた男が持つ一面なのだ。

「…怖くないって言うと、嘘に…なります」

触れてくる狩納の掌は、微動《びどう》だにしない。綾瀬の返答を予期《よき》していたのか、あるいはその先に続くものを、待っているのだろうか。

こうして触れていても、狩納の思考の全てが解るわけではない。自分が直接見聞きしたわけではない、過去の時間となれば、それは一層遠かった。

伏せられた琥珀色の睫が、力なくふるえる。

「でも……」

ゆっくりと、戸惑うようにもれた声に、狩納の指が微かな反応を産んだ。

「昔のことは…よく解らないけれど、昨日の狩納さんは、俺のこと心配して、体辛いのに、あんなとこまで来てくれて……」

呟くようにもらした言葉が、途切れがちになる。触れてくる狩納の掌は、まだ随分と体温が高かった。

「鞄取られたのも、許斐さんについていったのも、全部俺のミスなのに…」

低く曇る声を、止めることができない。

薄い唇を懸命に引き結び、綾瀬は狩納を見た。

「俺はきっと、自分で見たものしか、判断できないだろうから…。上手く言えないけど、狩納さん、怖いだけじゃないから…、俺…」

こんな時にでも、上手く言葉を選べない自分が、もどかしい。

許斐と二人きりで出かけた自分を、狩納は絶対に許さないだろうと考えた綾瀬の予想に反し、男は不条理な怒りを向けはしなかった。結果的には綾瀬の行動が全て、狩納の具合を悪化させたにも拘わらず、だ。

謝って、取り返せるものではない。

許斐が言う通り、確かに狩納は残酷な獰猛さや、暴力的な力を内在している。しかし同時に、綾瀬はこの男の誠実な一面を知っているのだ。

それは綾瀬にとって、なにものにも代え難いぬくもりを含んでいる。

俯《うつむ》いた綾瀬の頬を、体温の高い掌が包み取った。

そっと寝台へと引き寄せられ、互いの額が近くなる。

「…ありがとうな」

低い声で告げられ、綾瀬はどきりとして男を見た。

「そ、そんな、俺…」

礼を言わなければならないのは、綾瀬の方だ。

慌てて否定しようとした綾瀬の掌へ、長い男の指が絡む。ひやりとした綾瀬の指の感触が気持ちよいのか、額を寄せた狩納がわずかに眼を細めた。

「必要なことは、俺が話す。これからは絶対、許斐には近づくな」

念を押した狩納が、綾瀬の掌を頬に押しつけたまま、シーツの端を持ち上げた。

「狩納さん?」

小首を傾《かし》げた綾瀬に、狩納が空いた寝台を軽く叩く。

「入れよ。抱えて寝てやる」

お前が貰《もら》ってきてくれた薬も効いたが、こっちの方がもっと効くかもしれない。気持ちよさそうに指先へ額を寄せたまま、にやりと笑われ、綾瀬は躊躇した。

もしかしたら発熱の気弱さから、甘えているのだろうか。

あの狩納が、この自分に。

その事実が胸の端をよぎった途端、綾瀬は大粒の瞳を見開き、まじまじと横たわる男を見下ろした。考えていたよりよほど、狩納の具合は悪いのだろうか。

「…だ、大丈夫ですか?」

気遣わしげな声を上げた綾瀬の手首を、大きな掌が業《ごう》を煮《に》やしたように引く。

「早くしねえと、犯すぞ」

掠れた声で唸られて、綾瀬は驚いて男を見た。

この期《ご》に及んでも、まだそんな口が叩けるのだろうか。呆れる気持ちが湧いたが、同時に、こんなことが言えるのならば、心配ないと、そんな安堵が胸に広がった。

「…なに笑ってんだ」

不機嫌な声を絞った男の隣へ、そっと体を乗り上げる。

「熱くて邪魔だったら、言って下さいね」

体が触れて邪魔にならないよう、距離を置いて横たわった綾瀬を、狩納がまじまじと見た。

「……こんなに簡単に入ってくるってことは、お前、俺が絶対ぇなんもできねーと踏んでんだろ」

これ以上なく憎々しげに呟かれ、綾瀬はなんと応えるべきか躊躇した。

確かにどう考えても、この状況で狩納が性的な行為に及ぶことはないだろう。戸惑う綾瀬を、男がシーツごと、ばさりと抱え込んだ。

「か、狩納さんっ」

驚き声を上げげた綾瀬の体を、体温の高い男の体が押さえ込む。

「…治ったら、絶対、するぞ」

首筋の真後ろで囁かれ、綾瀬は困ったように唇を引き結んだ。

唸る声音は、まるで子供のようだ。

しかしこんな図体《ずうたい》の大きな子供は、綾瀬では扱《あつか》い切れない。綾瀬自身、誰かを扱えるほど大人ではないのだ。

「絶対だぞ」

念を押した狩納の手を、そっとさする。

寝間着を隔て、筋肉の感触が掌に伝わり、綾瀬は瞼を閉じた。密着した狩納の体温が、触れた部分から染みてくる。

そのぬくもりに力を得て、綾瀬は胸に蟠る不安に、ちいさく唇を動かしてみた。

「狩納さん…」

吐息だけで呼んだ名に、ん、と接した胸が低い唸りで応える。

「……あの…西瓜の件なんですけど……」

しつこいと知りながらも、綾瀬は細い声を絞った。

脳裏に、真冬の海と砂浜、そしてそこから頭だけを出した少年の姿が浮かぶ。

本当に狩納は、西瓜を割ってしまったのか。

埋めたのが本当だというのだから、当然、割らせたのだろう。

平常心で受け止めなければ。自分自身に言い聞かせるのだが、やはり動揺は隠せない。

尋ねるべき言葉を半ばで失っていた綾瀬の耳殻《じかく》へと、肩を持ち上げた男が唇を落とす。

「狩……」

「西瓜を、割ったかって聞きてえんだろ」

心中を見透かす男の問いに、綾瀬は唇を引き結び、短く頷いた。

胸の奥で心臓が、煩いほどどきどきと鳴る。

本当のことなど知りたくないような、しかし聞かずに過ごすには恐ろしすぎるような、判断のつかない不安が渦《うず》を巻いた。

「割れた、ぜ」

耳元へ寄せられた狩納の声が、殊更低くひそめられる。

「…ひ……っ…」

苦さを纏った男の声に、細い喉が高い息をもらした。

やはり。身構えていたはずなのに、考えた途端、ぞっと全身から血の気が引いた。

「ほ、本当に…」

今更なにを確かめようとしているのか、繰り返した声が喉の奥で乱れた。綾瀬の問いの意味を理解し、狩納が深刻そうな表情のまま、頷く。

「そんな…」

目の前が、暗くなった。

冷たい汗を浮かべた綾瀬の眉間へ、あたたかな男の唇が押し当てられる。

「…忘れんなよ、綾瀬」

薄い綾瀬の背中を掌で辿り、男が低く唸った。

「俺がどんな男でも、俺に買われちまった以上、絶対ぇ逃げらんねえってことを」

頷くこともできないまま、瞳を脆くした綾瀬の首筋を熱い唇が吸う。

眠るどころではなくなってしまった綾瀬の体を、長い腕が逃げ出せないよう抱きしめた。

「……逃げたら、俺も西瓜かな…」

思わず力なく呟いた言葉に、狩納が片方の眉を器用に吊り上げる。

「小玉《こだま》な西瓜だな」

抱いた頭を品定めするように撫でられ、綾瀬はぎょっとして体を起こそうとした。しかし重い男の腕が、それを許さない。

「う、う、う、嘘ですっ」

慌てて否定した綾瀬に、狩納がにやりと唇の端を吊り上げた。

「安心しろ。こんな可愛い西瓜、勿体《もったい》なくて簡単に割れねえよ」

「で、でも、高校の時は、割ったんでしょう…？」

怖々尋ねた綾瀬に、狩納が甘さのない頬を歪ませる。

「ああ」

頷かれ、綾瀬は覚悟を決めて喉を喘がせた。

「…ただし割ったのは、頭じゃなくて、口だけどな」

真面目《まじめ》ぶった口調とは裏腹に、綾瀬を見上げた男の眼が、にやり、と笑う。

「……………な…」

咄嗟には意味が理解できず、綾瀬は大粒の瞳を丸く見開いた。

二の句を継げずにいた綾瀬を、狩納が楽しそうに眺める。終《しま》いには、体を揺らし、大きく声を上げて笑い始めた。

「か、狩納さんっ」

悲鳴じみた抗議にも、男の笑いは止まらない。

真冬の浜辺で割られたのは、少年の頭ではなく、口だということか。

しかしながら、狩納が少年を浜辺に埋めた事実には、変わりがないようだ。考えれば考えるほど、抜け出せない深みに落ちてゆくようで、綾瀬は深い溜め息を吐き出した。

「………俺、当分西瓜は食べたくありません…」

思わず声を絞った綾瀬の頬に。

笑いを消さない男の唇が、落ちた。

お金は貸さないっ

眼下《がんか》に広がるのは、見渡《みわた》す限りの海原《うなばら》だ。切り立った崖《がけ》が、地獄《じごく》まで続く螺旋《らせん》のように足元から垂直《すいちょく》に延《の》びている。

吹《ふ》きつける風が、容赦《ようしゃ》なく少年の頬《ほお》を打った。

大きく手を広げた男の体が、崖の上でゆっくりと傾《かたむ》く。腕《うで》を伸ばし、支《ささ》えようにも間に合わない。

父さん。

叫《さけ》んだ少年の目の前で、父親の体は為《な》す術《すべ》もなく揺《ゆ》れ、崖の向こうへと吸い込まれていった。

映画《えいが》館の薄暗《うすくら》がりに、息を呑《の》む音がもれる。

食い入るように映写幕《スクリーン》を見詰《つ》めていた綾瀬《あやせ》雪弥《ゆきや》もまた、息を詰めた。充血《じゅうけつ》した大粒《おおつぶ》の瞳《ひとみ》が、微《かす》かな明かりに浮《う》かぶ。

血の気を失《うしな》った唇《くちびる》も、長く繊細《せんさい》に生え揃《そろ》った睫《まつげ》も、男性というには全てがやさしく整いすぎた少年だ。薄《うす》い綿《めん》のシャツ越《ご》しには、痩《や》せた肩《かた》の骨の形がうかがえる。

痛《いた》みを宿した瞳を歪《ゆが》め、綾瀬は呼吸《こきゅう》を整えようと唇を開いた。しかし胸《むね》の奥に栓《せん》をされたように、上手《うま》くできない。

父親の喪失《そうしつ》。その言葉から思い起こされる、白い花で埋《う》められた木製の柩《ひつぎ》。横たわる大切な人の面《おも》影《かげ》までもが蘇《よみがえ》りそうで、綾瀬は固《かた》く指先を握《にぎ》りしめた。

はるか昔の記憶《きおく》が、ふとした瞬間《しゅんかん》に浮かび上がっては、傷跡《きずあと》の所在《しょざい》を誇示《こじ》したがる。

「……っ」

不意《ふい》に左の肩へ、衝撃《しょうげき》がぶつかる。

心臓《しんぞう》を摑《つか》み上げられたかのような驚《おどろ》きに、綾瀬は瞳を見開いた。ぎくりとして横を向いた視界《しかい》に、黒く大きな塊《かたまり》が迫《せま》る。

息を呑む綾瀬の隣《となり》で、広い椅子《いす》にだらりと預《あず》けられた体が、深い寝息《ねいき》を吐き出した。自分の体など、造作《ぞうさ》なく押し潰《つぶ》せてしまいそうな大柄《おおがら》な男だ。

驚きのまま、綾瀬は眼《め》を閉じた男の横顔を覗《のぞ》き込んだ。

鋭利《えいり》な眼光《がんこう》を瞼《まぶた》の向こうに隠《かく》していても、男の容貌《ようぼう》は鋭《するど》く、甘さがない。真っ直ぐに通った高い鼻《はな》筋《すじ》と、彫刻《ちょうこく》を思わせる凜然《りんぜん》とした薄い唇。浅黒《あさぐろ》い額《ひたい》に落ちる髪の一筋《ひとすじ》にまで、獰猛《どうもう》な力強さがあった。

画面にはいまだ、広い海と父を失った主人公の悲嘆《ひたん》が映《うつ》し出されている。

こんな悲劇《ひげき》的な場面で、安らかに眠《ねむ》っているのだ。

驚きのまま、綾瀬は規則《きそく》的な寝息を刻《きざ》む男をまじまじと見た。

ゆっくりと、花弁《はなびら》のような唇の端《はし》に笑みが滲《にじ》む。

腹を立てる気にはなれなかった。それどころか、どんな状況《じょうきょう》であれ健康的な寝息を立てられる男の存在《そんざい》に、救《すく》われるような心地さえする。

そっと肺の奥まで息を吸い込んで、綾瀬は強張《こわば》っていた手足を解《ほど》いた。

改装《かいそう》されたばかりという新しい映画館の座席《ざせき》が、いつの間にか身を乗り出していた綾瀬をゆったりと受け止める。昔祖母《そぼ》に連れられていった映画館とは、随分《ずいぶん》と違《ちが》う。

二百席前後のホールはこぢんまりとしていて、音響《おんきょう》がよくどの席からでも満足のいく大きさで画面を観《み》ることができた。綾瀬が座るのは、そんなホールのなかでも中央に位置する二人がけの椅子だ。予約席なのだろう。

映画を観るために、こんな居心地《いごこち》のよい椅子に座るなど、初めての経験《けいけん》だ。

早くに両親を亡《な》くし、祖母に育てられた綾瀬の生活は、決して派手《はで》なものではない。祖母を喪《うしな》ってからも、叔父《おじ》からの仕送りで生活に困ることはなかったが、暮らしぶりは大学生らしい慎《つつ》ましやかなものだった。

ちいさく息を吸い、綾瀬は自分に凭《もた》れかかる男を見た。

スーツではなく、身軽な長袖《ながそで》のシャツにジーンズを身につけた姿《すがた》は、二十代半ば過《す》ぎの若者らしいといえなくもない。

それでも男が身に纏《まと》う、一種近寄《ちかよ》り難《がた》い威圧《いあつ》感は普段《ふだん》と変わりがなかった。

狩納北《かのうほくと》。

この若さで新宿に事務所《じむしょ》を構え、金融業《きんゆうぎょう》を営《いとな》む男には、いつでもひやりと冴《さ》えた気配がつき纏う。ほんの三月《みつき》ほど前までは、関《かか》わりを持つことなど想像《そうぞう》もできなかった種類の人間だ。

この男が投じた一億円を超える大金により、自分が競《せ》り落《お》とされたとは今でも信じ難い。

都内を蒸《む》し暑《あつ》い真夏の熱気《ねっき》が満たす頃、綾瀬は非合法《ひごうほう》の賭場《とば》で開かれた競売《きょうばい》にかけられた。発端《ほったん》は、従兄《いとこ》が賭場で作った借金《しゃっきん》だ。

わけも解らないまま競売の壇上《だんじょう》に引き据《す》えられ、気がついた時には男のマンションに連れ帰られていた。

代金を全て返済《へんさい》できるのであれば、自由を与えても構わない。だが返済できないのなら、全てをあけ渡せ。男が突《つ》きつけた現実に、綾瀬は言葉を失った。無論《むろん》綾瀬に、億単位の金を工面《くめん》できるはずもなく、男の言葉に従《したが》う以外、選べる道はなかったのだ。

為す術もないまま、狩納の元での暮らしが始まり、早くも三月が過ぎようとしていた。

きょろきょろと、注意深く周囲《しゅうい》を見回す。

日曜日でありながら、大作映画に人気が集中してか、このホールの席は疎《まば》らにしか埋まっていない。周囲は空席《くうせき》の上に、薄暗がりが綾瀬の動きを隠してくれる。

人目につきそうにないことを確認し、綾瀬は狩納を起こさないよう、そっと肩の位置を直した。相手が起きている時には、絶対できそうにない動きだ。

安定がよくなった綾瀬の肩に、男の寝息が無防備《むぼうび》に深まる。

余程疲《よほどつか》れていたのだろう。日曜日といえども、狩納の事務所は休みではない。狩納がゆっくりと眠れることを祈《いの》りながら、綾瀬は映写幕《スクリーン》へ視線《しせん》を戻した。

場面が転じた画面では、一人きりになってしまった主人公が、教会で空の柩を見詰めている。喪服《もふく》に身を包んだ親類《しんるい》が、遺体《いたい》を発見するのは不可能だと呟《つぶや》いた。

しかし主人公は柩を見詰めたまま、頷《うなず》かない。

一人苦痛《くつう》に耐《た》える主人公を、綾瀬は目を逸《そ》らすことなく見詰めた。

もし一人きりだったなら、自分はこんな気持ちで主人公を見ることができただろうか。それ以前に、家族が引き裂《さ》かれる映画になど足を運ぶことはなかったはずだ。

テレビから流れる広告《こうこく》に、綾瀬が関心《かんしん》を持っていると狩納が気づいたのは一昨日《おととい》のことだった。この映画が観たいと、せがんだわけではない。

綾瀬はそんな我《わ》が儘《まま》を口にできる立場ではないのだ。しかし男は、観たいのか、と一言尋《たず》ねただけで、次の日にはこの予約席が準備《じゅんび》されていた。

狩納の多忙《たぼう》さは、綾瀬もよく知っている。正直男の申し出には戸惑《とまど》ったが、同時に狩納が自分のために時間を割《さ》き、共に映画館へ足を運んでくれたことは嬉《うれ》しかった。

子供じみた自分の気持ちに苦い吐息《といき》をついて、そっと指を伸ばす。眠り続ける狩納の額から、目元に落ちる髪をやわらかく払った。

「……っ…」

なんの前触《ぶ》れもなく、健康的な瞼が押し上げられる。

「狩……」

「…俺《おれ》、眠っちまってた…か…？」

二度瞬《まばた》きをして、眼を覚《さ》ました男が映写幕《スクリーン》と綾瀬とを見比《みくら》べた。

男に差し出していた肩を、気づかれないようそっとずらす。男の頭を支えていた肩は、短時間であれ重く痺《しび》れていた。

「まだ、半分くらい残ってると思います」

声を落とし、こっそり教える。

「…どうなってんだ、映画」

さして興味《きょうみ》もなさそうに、狩納が身を起こしながら尋ねた。

「秘密《ひみつ》を突き止めそうになった主人公の父親が、崖から落ちて…死んだんですよ」

囁《ささや》く声で伝えた綾瀬の唇が、微かにふるえた。

父親の死という題材《だいざい》を、何気なく口にしようと努《つと》め、初めて一つの事実に思い当たる。自分だけでなく、狩納もまた父親と死別《しべつ》する不幸を経験しているのだ。

無論狩納が自分と同じ感傷《かんしょう》を抱《いだ》くとは思えない。しかしだからといって、狩納の傷に思いを巡《めぐ》らせられない自分の鈍《にぶ》さが許されるわけではなかった。

「どうした？」

尋ねた男の腕が、俯《うつむ》いてしまった綾瀬の肩を抱き寄せる。

耳殻《じかく》に触れそうな距離《きょり》で囁かれた男の声音《こわね》に、綾瀬ははっとして視線を上げた。しかしそれよりも早く、あたたかな唇が、目元へと落ちる。

口吻《くちづ》けられたのだ。

「な、な、なにを…っ…」

自分でも驚くほど大きな声を上げ、綾瀬はばねじかけの人形のように立ち上がった。

映画館の暗がりから、観客《かんきゃく》の視線が立ち尽くす綾瀬へと一斉《いっせい》に注がれる。

驚いたように自分を見上げる狩納の双眸《そうぼう》に気づき、綾瀬は悲鳴の形に固まった自らの唇を押さえた。

なんということだ。

「座れよ。他の客の邪魔《じゃま》になるぞ」

声を上げて笑い出しそうな調子で、狩納が凍《こお》りついた綾瀬の腕を引いた。

上げてしまった悲鳴を呑み込むこともできず、自らの唇を塞《ふさ》いだまま綾瀬がぎこちなく椅子に座り直す。

「な、なんてことするんですか…っ」

椅子の端で体を縮《ちぢ》め、綾瀬は泣き出しそうな小声で狩納を詰《なじ》った。いくら客が少なく薄暗いとはいえ、人目がないわけではないのだ。

「キスしてやっただけじゃねえか」

にやにやとした笑いを収《おさ》めないまま、男が平然と応《こた》える。

「な……、ここをどこだと…っ…」

「映画館」

にやつく男の腕が、当然のことのように綾瀬の腰を丸く撫《な》でた。それどころか、長い指が綿のシャツを捲《まく》り上げてくる。

「ち、ちょ…っ…」

素肌《すはだ》の上に、乾《かわ》いた指の熱さを感じ、綾瀬はぎょっとして男の手首を摑んだ。

「また騒《さわ》ぐ気か？　これ以上他の客に迷惑《めいわく》かけるなよ」

覗き込む男の双眸が、にやにやと笑う。

「な…っ、なにを考えて……」

映画に飽《あ》きてしまったのだとしても、これは冗談《じょうだん》が過ぎるのではないか。

「お前だって、さっき俺にキスしようとしてたんだろ？」

髪を払う仕種《しぐさ》を真似《まね》られ、綾瀬は驚いて背中を反らせた。

「あ、あれは…っ」

ただ、髪を払ってやろうとしただけだ。そう叫ぼうとした綾瀬の肋骨《ろっこつ》を、意地の悪い男の指が辿《たど》り上げた。

「やめ……」

「俺に逆《さか》らうのか？」

ぞくりと、官能《かんのう》的な振動《しんどう》を伴《ともな》い、男の声が喉元《のどもと》を撫でる。命じることに慣れた声の響《ひび》きに、綾瀬は息を詰めた。

「あ……」

男の声にある絶対的な力に打たれ、綾瀬の額から血の気が引く。にやりと、男が端正《たんせい》な口元を歪めた。

「暴《あば》れねえで、静かに映画でも観てろ」

「……っ」

首筋《くびすじ》を吸われ、ぴりりと走った痺れに綾瀬は目を閉じて息を詰めた。

綾瀬には、狩納を拒《こば》める理由など一つもない。

以前のような、性交《せいこう》により金銭《きんせん》を得る関係から脱《だつ》したといっても、狩納に対して莫大《ばくだい》な借金がある現実に変わりはないのだ。

「あ、飽きたのなら……」

映画館を出ようと、訴《うった》える綾瀬の瞳を、男が暗がりで覗き込む。

「十分、面白いぜ？」

囁いた男の指が、なめらかな綾瀬の皮膚《ひふ》を這《は》い、胸の突起《とっき》へ触れた。堅《かた》い指先に薄い皮膚を擦《こす》られるだけで、びくりと体がふるえてしまう。

敏感《びんかん》な綾瀬の反応《はんのう》に、男が楽しそうに眼を細めた。

「でも、お前、そんな表情《かお》してまで、観る映画なのか？」

「え…」

自分は一体、どんな表情をしていたというのだろう。想像もしていなかった言葉に、綾瀬はぎくりとして狩納を見た。

「それでもどうしても観てえって言うなら、仕方ねえけどよ」

獰猛な仕種で歯を覗かせ、女性の膨《ふく》らみとは無縁《むえん》の胸を、男が押し上げるように丸く揉《も》んでくる。中指の腹で突起を押すように潰されると、じんと重い痺れが腰へ流れた。

「…ん……」

思わず喉《のど》を迫《せ》り上がった声の甘さに、泣きたくなる。

身動《みじろ》ぐだけで暗がりに響く衣擦《きぬず》れが大きく耳について、綾瀬は唇を噛《か》みしめた。こんな場所で、刺激《しげき》に屈《くっ》してしまいそうな自分が信じられない。

「…っ…、や……、本当に…」

細い声に、懇願《こんがん》の響きが交《ま》ざる。いかに観客が少ないとはいえ、ここは映画館なのだ。

「舐《な》めてやろうか」

膝《ひざ》にかけた上着を握ったまま、ふるえる綾瀬の指先を男が撫でる。びくりとして戦慄《わなな》くと同時に、ひりひりする乳首《ちくび》を摘《つま》まれた。

男の指の間で、早くもちいさな突起が、堅く凝《こ》り始めているのが解る。否定《ひてい》しようにも、緊張《きんちょう》が若い肉体をより敏感にさせていた。

「狩……」

泣きそうな声を上げた綾瀬の体を、流れ出した大きな音楽が包む。

すでに、映画の展開どころではない。

画面の上で叫びを上げる主人公の声が、自分と狩納との衣擦れの音をごまかしてくれることだけが救いだった。

「どうした。映画観なくていいのかよ」

顔を背《そむ》け、懸命《けんめい》に刺激をやり過ごそうとする綾瀬を、狩納が笑った。

「まだ映画、観てるか？」

胸を離れた掌《てのひら》が、伸び始めた綾瀬の髪を掻《か》き上げる。充血した瞳で、綾瀬は為す術もなく男を見た。

画面では、主人公が書斎《しょさい》で見つけた父親の日記に涙を流している。

大きさを増した音楽に、綾瀬は長い睫を伏《ふ》せた。


勢《いきお》いよく流れる水道の水を、じっと見詰める。

清潔《せいけつ》な洗面所《せんめんじょ》に一人きりで立ち、綾瀬は肺の奥底《おくそこ》からの溜め息をついた。

「…映画、終わっちゃったかな………」

呻《うめ》くように呟いて、磨《みが》き上げられた鏡《かがみ》を覗き込む。

酷《ひど》い顔だ。

充血を残す目元が、恨《うら》みがましく鏡のなかから自分を見返した。汗ばんだ額や充血した目元を、綾瀬は何度も入念《にゅうねん》に洗《あら》った。

もし映画が終わっていなくとも、もう一度あの席に戻ることなどできない。暗いホールを、狩納に支えられるようにして出た羞恥《しゅうち》を思い出し、綾瀬はぱしぱしと掌で頬を叩いた。

ホールを抜けた後も、そのまま明るい屋外に出ることもできず、綾瀬は促《うなが》されるまま映画館の洗面所へ向かった。他のホールでも映画が上映《じょうえい》中であったためか、通路にも洗面所にも、ほとんど人影がなかったのは幸いだ。

狩納に仕事の電話が入り、個室《こしつ》に一人で入ることを許された時にも、心底《しんそこ》ほっとすると同時に、情《なさ》けなさに叫びたくなった。

狩納との暮らしのなかで、自分の体はおかしくなってしまったのだろうか。人目につく場所でありながら、男に触れられただけで従順《じゅうじゅん》に頽《くずお》れてしまう。

「なんで、狩納さんは………」

低く呻き、赤くなった頬を叩こうとして、綾瀬はがたん、と響いた大きな音に息を詰めた。

「…っ」

まだ自分は、なにも叩いてはいない。驚き振り返った綾瀬の耳に、更《さら》に大きな物音が飛び込む。

個室の壁に、なにかをぶつけるような音だ。

自分以外にも人がいたのだと知り、血の気が下がる。

広い洗面所には、出入口が二つあったのだ。綾瀬が気づかない間に、反対側の端にある入口から人が入ってきていたのだろう。

半歩、トイレ側に足を踏み出そうかと迷《まよ》った綾瀬の耳に、再《ふたた》び大きな物音が響いた。

「…っ」

トイレから上がった短い悲鳴が、それに重なる。

壁にぶつかったのは、体だ。

やめてくれっ、と叫んだ声を遮《さえぎ》るように、低い怒声《どせい》が響く。応酬《おうしゅう》する声が、金は、と悲鳴のような声を上げた。

まだ若い男の声だ。ぎょっとして身を乗り出した綾瀬の視線と、個室の前に立つ男の視線がぶつかった。

「誰だっ」

立ち尽くす綾瀬を、はっきりとした怒鳴《どな》り声が打つ。

個室の前に立つ二人の男は、男というより少年と呼んだ方がいい年頃《としごろ》だ。一人は高校生、もう一人はおそらく中学生なのかもしれない。

綾瀬に向け怒鳴ったのは、高校生に詰め寄った少年だった。

「あ、あの……」

綾瀬が口を開くのを待たず、高校生が少年の体を突き飛ばす。

「待てっ」

伸ばされた少年の腕を振り払い、高校生は転がるように反対側の出口へと駆《か》け出した。

舌打《したう》ちをした少年の目が、怒りを込めて綾瀬を振り返る。

彫《ほ》りの深い、活発《かっぱつ》そうな顔立ちをした少年だ。

改《あらた》めて綾瀬を捕《と》らえた少年の双眸が、微かな驚きに細められる。やさしげな綾瀬の容姿《ようし》を、男性用の洗面所には不似合《ふにあ》いなものと感じたのかもしれない。

「なに見てやがんだ、お前」

低く吐き捨てた少年が、大股《おおまた》に綾瀬へと歩み寄る。容赦のない怒鳴り声は、よく撓《しな》る鞭《むち》のようだ。打ちのめされると身動きが取れず、綾瀬は逃げることもできないまま首を横に振った。

「す、すみません。邪魔をして…」

身長こそ綾瀬と変わらないが、少年の体つきはがっしりとして逞《たくま》しい。膝が破《やぶ》れたジーンズや、血飛沫《しぶき》と鉄条網《てつじょうもう》を描いたシャツの上からも、躍動《やくどう》的な筋肉《きんにく》が見て取れる。

真っ直ぐに向けられる視線の鋭《するど》さに、綾瀬は息を呑んで後退《あとずさ》った。

「謝《あやま》ってすむかよ！」

吠《ほ》えた少年が、力任《まか》せに近くの壁を打つ。化粧《けしょう》板の塡《は》められた壁が、がたんと激しい音を立てた。

「…っ」

「どうしてくれんだ。お前のせいで逃げられたじゃねえか」

身を竦ませた綾瀬の二の腕を、大きな少年の掌が摑む。びくりと睫をふるわせた綾瀬に、少年が目を眇《すが》め、にやりと笑った。

「責任、取ってくれよ」

「な、なにを…」

二の腕を離れた掌が、ゆっくりと撫でる動きで肩を這い、首筋へと触れてくる。振り払おうと身動いだ時、綾瀬は自らの頭上に落ちる影に気づいた。

ぞっと、体中から血の気が引く。

「狩納さ………」

仰《あお》ぎ見た綾瀬の視界を、洗面所に立つ男の影が塞ぐ。

いつの間に入ってきていたのだろう。自分の首筋へ触れる少年の肩を、大きな掌が無造作《むぞうさ》に摑み取った。

「な…」

引き剝《は》がされた少年が、逞しい体を独楽《こま》のように躍《おど》らせる。ぎょっとして顎《あご》を反らし、男を仰ぎ見た少年が声を失った。

見下ろす男の双眸が、怒りを込めすい、と細められる。

「……ぁ…っ…」

ごつごつと節《ふし》くれ立った男の拳《こぶし》が、高い位置で固められた。止めに入ることもできない。力任せに、拳が少年の頭を殴《なぐ》りつけた。

「痛……っ」

悲鳴を上げた少年の体が、勢いを殺せずトイレの壁にぶち当たる。恐ろしい音を立て、床へと崩《くず》れ落ちた少年を目の当たりにし、綾瀬は弾《はじ》かれたように男へと取り縋《すが》った。

「やめて下さい…っ。な、なんでもないんですっ…」

怒気《どき》を纏った男の体は、切りつけられてしまいそうに威圧的な力に満ちている。

「お願いだから…」

懸命に少年を庇《かば》おうとする綾瀬の力に、狩納が煩《わずら》わしげに眉《まゆ》を寄せた。

「いってぇなっ！　なにすんだっ」

がたんと音を立て、少年が壁に体を預けながら立ち上がる。あれほど殴られたのに、まだ果敢《かかん》にも立ち向かおうというのか。

目を剥《む》いた綾瀬に構わず、少年が強い眼光を男に向けた。狩納もまた、一歩少年へ踏み出そうとしている。

「やめ…っ…」

「バカになったらどうしてくれんだ、北っ」

必死に懇願を続けようとした綾瀬を、少年の怒声が遮った。

今少年は、なんと口にしただろう。

自分の耳が信じられず、綾瀬は狩納と少年とを見比べた。

「人のもんに手ぇ出すようなバカに、教育的指導《しどう》をくれてやったんだ。大体なにやってんだ、こんなところで」

愛想《あいそ》のない声で、狩納が少年に尋ねる。そこに籠《こ》もる呆れたような響きに、綾瀬はもう一度驚いた。

「映画観てたに決まってんだろ！　北こそなんでこんなとこにいるんだよ」

叩かれた頭を押さえ、少年が尚《なお》も怒鳴る。見上げるほどに大きな狩納の体軀《たいく》を前にしても、少年はわずかほども怯《ひる》んでいなかった。

「ガキには関係ねぇことだよ」

少年を見下ろした狩納が、立ち尽くしている綾瀬の肩を引き寄せる。眉を吊《つ》り上げた少年の表情に、狩納がにぃっ、と口元を笑わせた。

男の表情が意外なものに思え、綾瀬が大粒の瞳を見開く。

「だ、誰がガキだ！」

眦《まなじり》を吊り上げ、少年が爪先《つまさき》立ちになって怒鳴った。

「ちゃんと保護者同伴《どうはん》で来てんのか？」

「保護者って、あのなあ…。そうだ、北。保護者っていえば、この前連絡《れんらく》したあれ…」

「ああ？　駄目《だめ》だって言ってんだろ。他当たれよ」

にべもなく突き放した男の胸で、携帯《けいたい》電話の呼び出し音が鳴る。携帯電話を取り出した狩納が、発信《はっしん》先を確かめ眉をひそめた。

「取り敢《あ》えず二人とも出ろ。綾瀬、こいつと一緒に廊下《ろうか》で待ってろ」

二人を廊下へと連れ出し、狩納が動くなよ、と念を押す。

上映が終わったのか、広い廊下には客があふれていた。人の流れを避け、狩納が言うまま少年と共に壁際《かべぎわ》に身を寄せる。

またしても仕事の電話が入ったのだろう。廊下の反対側の隅《すみ》に立った狩納が、携帯電話を耳に当てた。そこならばいつでも綾瀬たちに眼が届《とど》く。

長い睫を伏せ、綾瀬は隣に立つ少年を見た。

日焼《ひや》けした腕を組み、少年は黙ったまま狩納に視線を向けている。狩納にこんな年若い知り合いがいるとは驚きだ。

仕事の関係者にしては、あまりにも若すぎる。しかし洗面所で目の当たりにした、高校生に対する少年の怒気を思い出すと、その想像にも疑問《ぎもん》が生じた。

一体彼は、何者なのか。黙《だま》って立ち尽くしているのも間が悪く、なにか声をかけなければと思案《しあん》していた綾瀬の視界で、少年が唐突《とうとつ》に振り向いた。

「……っ」

見詰めていた視線を黒く光る双眸で見返され、どきりと心臓が跳ね上がる。

綾瀬の動揺《どうよう》を察《さっ》したように、少年がにっと笑った。人懐《ひとなつ》こい、活発な笑みだ。その笑みに、緊張していた肩からふと力が抜ける。

「なあ、お前…」

凛とした高さを残す声が、真っ直ぐに綾瀬へ向けられた。

「やってんだろ？」

「……え？」

問い返した綾瀬に、少年が唇の端に明確《めいかく》な笑みを刻んだ。組んでいた腕を解き、身を乗り出した少年が黒い瞳でじっと綾瀬を覗き込む。

「北と、やってんだろって、言ってんだよ」

周囲に憚《はばか》ることなく、少年がはっきりと繰り返す。

全身を硬直《こうちょく》させ、綾瀬は少年を見返した。

どくりと、心臓が喉元で大きな音を上げる。

今度は綾瀬にも、少年の言葉が意味することを理解できた。

「や、やる……？　……」

狩納と寝ているか、と、少年は訊《き》いているのだ。

裏返った叫びを上げながら、綾瀬は改めて少年の問いを胸のなかで繰り返した。

まさか。

まさか、暗闇で狩納に与えられた行為を、少年は目撃《もくげき》していたというのだろうか。

考えた途端《とたん》、動揺に頭のなかが真っ白になった。

冷たい汗が、背筋を落ちる。

どうしよう。

なにか、言わなければ。しかし、言い訳の言葉などなにも思いつかない。

少年はやってるのか、と尋ねたのだ。やってたんだろ、とは言っていない。だがそんな差異《さい》に気づける余裕《よゆう》など、綾瀬にはなかった。

戸惑う綾瀬の頬から、緊張で血の気が失せてくる。

「北が男と暮らしてるって言うから、どんなのが相手かと思ったら……」

混乱《こんらん》する綾瀬に頓着《とんちゃく》せず、少年はよく光る目で立ち尽くす痩身《そうしん》を見回した。戸惑うだけで説明はおろか、満足な言い訳さえできない綾瀬に、少年が目を細める。

「お、俺は……」

「最初は俺、相手が染矢《そめや》かと思ったんだ」

綾瀬の動揺をよそに、少年が歯切れのよい口調で告《つ》げた。少年の口から出た意外な名に、今度こそ心臓が喉を迫り上がるような驚きを覚《おぼ》える。

「そ、染矢…さ…ん……?」

染矢は狩納の幼馴染《おさななじ》みであり、同じ新宿でオカマバーを経営する男だ。しかし外見だけでは決して彼を男だと判断《はんだん》することはできないだろう。長い髪も、険《けん》のある容貌も、染矢は綾瀬が知る女性の誰よりもうつくしかった。

「染矢はきついし煩《うるさ》いから、むかつくけど、顔だけは本物の女より全然《ぜんぜん》きれいだろ。それが、なんでこんな…」

自分が口にしかけた言葉に気づいたように、少年が口元を押さえる。無論軽口のつもりだったのだろう。少年の容貌からは、人好《ひとず》きのする笑みは消えることはなかった。

「ごめん、ごめん」

自分の失言《しつげん》を詫《わ》び、少年が申し訳なさそうに頭を下げる。ざらりとした違和《いわ》感を覚えながらも、綾瀬は弾かれたように首を横に振った。

「い、いえ、俺は……」

女性の形《なり》をした染矢と自分とを、そもそも比べることができるとは思えない。もし比べられるとしても指摘《してき》されるまでもなく、自分が染矢の美貌に及《およ》ぶわけもないことは知っている。

母親に似て穏《おだ》やかではあるが、寂《さび》しげな陰《かげ》りのある自らの容貌を、綾瀬は煩わしく思うことはあっても、愛することなどできずにいた。それは人を幸福な気持ちにできる、染矢の朗《ほが》らかな美貌とは対局に位置するものだ。

「……俺はただの……」

上擦《うわず》りそうになる声音を絞《しぼ》り、狩納を振り返ろうとした綾瀬の首筋へ、少年が笑いながら腕を絡《から》めた。

「…っ」

「隠すことねーって。俺、全部知ってんだから」

黒い目が真っ直ぐに、綾瀬を見た。笑みを深くした口元にあるのは、言葉通り全てを看破《かんぱ》していると言いたげな自信だ。息が詰まりそうな予感の暗さに、薄い綾瀬の肩がふるえる。

首筋に絡む腕から逃《のが》れようと体を引いたが、少年の力は強かった。

「君は、一体……」

「なんだ。北から聞いてないの?」

いかにも驚いた様子で、少年が眉を吊り上げる。綾瀬を安心させるためか、綻《ほころ》んだ唇の端から、発《はっ》達《たつ》した犬歯が右側だけ、ちらりと覗いた。

「部屋にまで住まわせてるって聞いたから、結構《けっこう》マジなのかと思ったのに。北も困った奴だよな」

投げ遣りな調子で嘆息《たんそく》されても、綾瀬には返す言葉がない。青ざめた綾瀬を眺《なが》め、額を寄せた少年が少しだけ目元を細めた。その仕種が、不思議と誰かの印象《いんしょう》に重なる。

「俺は大和《やまと》。北の弟だ」

淀《よど》みなく言葉を紡《つむ》いだ唇の動きが、鮮明《せんめい》に綾瀬の網膜《もうまく》へ焼きついた。

大和。

それが少年の名前であることは、解った。

だがそれだけだった。

狩納の弟と、口にした少年の声は、木霊《こだま》のように頭蓋骨《ずがいこつ》のなかに響き渡るだけで、一向に体の奥へは落ちてこないのだ。

「顔も似てるだろ？　腹違《はらちが》いだけどな」

なんでもないことのように、大和が唇の端を吊り上げ、笑う。

首筋を絡め取る腕を払うこともできず、綾瀬はただまじまじと少年を見詰めた。

狩納が育った家庭環境《かんきょう》について、綾瀬が知る情報は極《きわ》めて少ない。三年前、仕事上の争《あらそ》いから父親を亡くし、それ以来一人で暮らしていると教えられていた。

他には身寄《みよ》りらしい身寄りはないと聞いている。しかし大和の話が本当ならば、狩納には肉親が存在しているということだ。あるいは大和が、狩納の唯一と呼べる肉親であるのかもしれない。

涼《すず》しげな目元と、薄い唇。まだ少年の面影を色濃《いろこ》く残しているが、大和の容貌は確かに狩納の面差《おもざ》しとよく似ていた。

「狩納さんの、弟……」

呻くように、繰り返す。

自分の唇が発した声にさえ、現実味がない。しかし狩納が大和に向けた眼差《まなざ》しを思い出した途端、冷たい確信が胸を浸《ひた》した。

あんなにも親密そうな狩納の表情を、他に見たことがあるだろうか。

「北にしてみれば、俺は父親が外に作った子供っての？　お陰で、まともな弟扱《あつか》いはされてねえけどな」

「どうして…。血が繋《つな》がってるのに……」

思わず口を突いて出た言葉に、大和がちいさな声を上げて笑う。

「そんなもん意味ねーよ。北にとっちゃ」

「だって……っ」

綾瀬がそうであるように、狩納もまた家庭的な幸福には縁が薄い。狩納はそんな身の上を、感傷的に語ることはない。しかし腹違いとはいえ、弟がいるならば大切でないわけがあるだろうか。

「さっきだって…、あんな仲よさそうに話してたじゃないか…」

あんな眼をした狩納を、綾瀬は知らない。

ちくりと胸の内側を突き上げた痛みに、綾瀬は喘《あえ》ぐ息を呑んで耐えた。

「まあな。俺は北にとっちゃ大事な人間だけどよ。でも、弟なんて…、しかも半分しか血が繋がってない弟なんて、邪魔な時もあるだろ」

「……邪魔？」

自慢気《じまんげ》に与えられた言葉に、綾瀬が細い眉を寄せる。

逸らすことなく綾瀬の表情を見詰めながら、大和が尖《とが》った犬歯を覗かせた。

「愛人《あいじん》と暮らす時とか」

「……！」

息が、詰まる。

その時になって、綾瀬は初めて自分が抱いていた違和感の正体に気がついた。

真っ直ぐに自分を覗き込んでくる大和の双眸は、笑みを象《かたど》ってはいるが、笑ってはいない。

愛人、と。大和が口にした言葉が誰の存在を示《しめ》しているか、問い直すまでもなく綾瀬には理解できた。

「あーあ。つまんねー話」

殊更《ことさら》大きく溜め息を吐き出した大和が、親しげな仕種で綾瀬の背中を叩く。巻きついていた腕を解《と》かれても、綾瀬はいまだ自分がなにかに締め上げられている錯覚を覚えた。

一瞬前の表情が嘘《うそ》だったかのように、にこにこと笑う大和が、背後を振り返る。

その動きを追い、綾瀬はようやく、狩納が電話を終えたことを知った。途端に、氷塊《ひょうかい》のような感情が胸を迫り上がる。

「俺がこんな話したなんて、北には密告《チク》んなよ」

耳元で笑った声音に、綾瀬がはっと大和を見た。口吻けられそうな近さから綾瀬を覗き込んだ少年が、にっと笑って映画館の出口へ向かう。

「おい、大和、お前一人で帰れるのか？」

廊下をゆく大和に気づき、狩納がその背中に声を投げる。狩納が誰かを気遣《きづか》うなど珍《めずら》しいことだが、大和は機嫌《きげん》のよい顔で手を振っただけだった。

「平気だって。…じゃあな、綾瀬サン。楽しかったぜ」

立ち尽くす綾瀬へ、大和が屈託《くったく》のない笑顔を向ける。まるで気安い友人へ別れを告げるのと変わりない。

「どうした？　顔色がよくねえな」

棒立《ぼうだ》ちになり、口を開くこともできずにいた綾瀬に、狩納が眉をひそめる。肩へと腕を伸ばされ、綾瀬はぎくりとして体をふるわせた。

大和が口にした言葉は、本当なのか。

突き上げるような問いが、喉を塞いだ。

一瞬大和から突きつけられたと感じた、深い嫌悪《けんお》の念は一体なにものであったのか。もしかしたらそうと感じたのは、自分の錯覚なのだろうか。

「俺……」

大和が狩納とが兄弟であるならば、どうしてそれを今まで黙っていたのだろう。

大和が言う通り、狩納は異母《いぼ》兄弟である大和を、兄弟として扱う気がなかったのか。あるいは綾瀬になど、話す必要がないと思ったのだろうか。

卑屈《ひくつ》な想像が肺を摑む。

自分の気弱さを振り払おうと、綾瀬は強張った指先を握りしめた。

決めたではないか。

本当に必要なことならば、狩納はちゃんと、自分に話してくれる。そう約束してくれた男を信じるのならば、疑心暗鬼《ぎしんあんき》に陥《おちい》るのはやめなければならない。

だが頭で考えるほど、それが容易《ようい》でないことは綾瀬にも解っていた。脆《もろ》くなりそうな気持ちを飲み込み、ゆっくりと息を啜《すす》る。

「夕飯《ゆうはん》まで、ホテルで休むか？　…俺も一件《いっけん》、すませなきゃならねえ仕事が入っちまったから、戻るまで寝てればいい」

苦々しく切り出した狩納に、綾瀬は弾かれたように首を横に振った。

「か、帰りましょう。忙《いそが》しいなら、夕食は俺が、作りますから…」

頼《たよ》りない声をもらした綾瀬を、男は驚きの表情で見下ろす。

「こんな中途半端《ちゅうとはんぱ》で、帰れるわけねえだろ」

耳元へと唇を寄せられ、体の芯《しん》がふるえた。怯《おび》えを映した瞳を見下ろし、狩納が口の端を歪《ゆが》める。

唇の距離を縮めるように屈《かが》み込まれ、苦い煙草《たばこ》の匂《にお》いが近くなった。

「安心しろ。俺はやさしい男だ」

無理《むり》は、させない。

低く囁いた男の腕のなかで、綾瀬はふるえる唇を噛みしめた。

「もー。綾ちゃんってば、本当っ。信じられないっ」

幾度《いくど》目かの憤懣《ふんまん》を吐き散らし、溝口栄祥《みぞぐちえいしょう》が琥珀《こはく》色の髪を一房《ひとふさ》挟《はさ》んだ。

ひょろりとした長身の溝口は、まるでピアノ奏者《そうしゃ》のように指が長い。新宿に自らの服飾工房兼店舗《ふくしょくこうぼうけんてんぽ》を構える溝口は、いつでも奇術師《きじゅつし》のような器用《きよう》さで鋏を操《あやつ》った。

しかし今日溝口が手にする鋏は、布を切るための裁《た》ち鋏ではない。銀色の髪切り鋏が、溝口の手のなかで軽やかかな音を立てて髪を切り落とした。

「綾ちゃんがこんな可愛《かわい》い顔してなかったら、本気で一発、叩いてるところだよっ」

ねえ、染矢君、と、溝口がソファに座る染矢を振り返る。

皮張りのソファにゆったりと体を預け、染矢が呆れたような笑顔を作った。深い紫《むらさき》色を基調《きちょう》にした懐古《かいこ》的な着物が、すらりとした体によく似合《にあ》う。豊かな黒髪《くろかみ》を飾《かざ》るのは、こちらも時代物の縮緬《ちりめん》で作られた花飾りだ。

まるで古い写真から抜け出してきた貴婦人《きふじん》のような出立《いでたち》に、溜め息がもれる。何度目にしても、このうつくしい人が自分と同じ男性だとは信じ難かった。

「正直、あたしも綾ちゃんの髪を見たら、溝口さんは即殴るんじゃないかって、心配してたのよ」

「そんなに変でしたか、俺の髪型………」

窓際《まどぎわ》へ持ち出した椅子の上で、綾瀬が眉を垂《た》れる。

首から床近くまで垂れるカットケープのせいで、上手く振り返ることができない。そうでなくても、溝口の剣幕《けんまく》に押され、身動ぐことも難しかった。

「いやあ、ホント、次に僕《ぼく》に断《ことわ》りもなしに髪を切ったら、本気で怒るよ」

脅《おど》しとは思えない溝口の怒気に、思わず頷いてしまいそうになる。

「動かない」

「は、はい…」

おとなしく応えた綾瀬の髪を、溝口の指が一房摘み上げた。まるで本職《ほんしょく》の美容師《びようし》さながらに動く鋏に合わせ、琥珀色に輝く髪が音もなくケープに覆《おお》われた肩へと落ちる。一昨日、綾瀬が自分で紙切り鋏を持ち出し、前髪を切り揃えた時とは、まるで違う。

「狩納君も狩納君だよ。綾ちゃんのヘアカットが必要なら、もっと早く僕を呼んでくれればよかったのに……」

「…すごいですよね、溝口さん。洋服だけじゃなくて、髪の毛まで切れるなんて…」

磨き上げられた床の木目に視線を落とし、綾瀬はぽつりと呟いた。

「僕ァ美の狩人《かりゅうど》だよ？　可愛い子の髪くらい切れないでどうするの」

大らかに笑い、溝口がしゃん、と涼しげな音を立てて髪を切り落とす。

「あたしは、溝口さんが本当にすごいのは、そういう台詞《せりふ》を真顔で言うところだと思うわ」

染矢の嘆息にも、溝口は怯まない。にこりと顔全体で笑い、やわらかな綾瀬の髪を掬《すく》い上げた。

「美の伝道師《でんどうし》とも呼んでほしいね。ところで綾ちゃん、なんだって自分で髪切ろうなんて思ったの」

溝口の問いに、綾瀬が視線を伏せる。

「決まってるじゃない。狩納の監視《かんし》つきで美容室に行くのなんて、嫌だものね」

すぐには応えられなかった綾瀬に代わり、染矢が同情《どうじょう》の声を上げた。

狩納は、綾瀬が一人で出歩くことを極端《きょくたん》に嫌う。

新宿で商売を手がける狩納の身辺《しんぺん》には、なにかと敵対《てきたい》する人間が多い。過去に幾度か綾瀬の身に危《き》害《がい》が及んだ経緯《けいい》もあり、外出には必ず男の許可《きょか》を必要とした。

尤《もっと》も、莫大な借金を残したまま、綾瀬が消えてしまわないようにという、そうした警戒《けいかい》の気持ちもないわけではないのだろう。

「……前髪くらい、結構自分で切ってたから…」

「前からそんなことしてたわけ?」

怒りを込めた溝口の言葉に、綾瀬が曖昧《あいまい》に頷く。

髪など自宅で切り揃えた方が、時間も手間も、なによりお金もかからない。一人で暮らしていた頃より、狩納と生活を共にし始めた今の方が、切実な問題だった。

数億円に上る借金があるのだから、当然といえる。先日映画に連れていってもらったことさえ、今となっては取り返しがつかないほど、図々しかったのではと思えて仕方がない。

「もうそんなに怒らないであげてよ。ね。そうだ綾ちゃん。この前映画に行ったんでしょ？　どうだった？」

私も観に行きたいと思ってたのよね、と染矢が身を乗り出す。

まるで胸中《きょうちゅう》を見透《みす》かされたような染矢の問いに、綾瀬はどきりとして息を詰めた。

「え、映画は……」

まさか後半からは、映画どころでなかったとは言えない。

座り心地のよい椅子と、乾いた暗闇のなかで、自分がどんなふうに狩納に触れられていたか。忘《わす》れてしまいたい記憶が蘇ってきそうで、指先を握り締める。

「狩納の旦那《だんな》、おとなしく映画観てた？」

「あ、当たり前ですよ…！　そんな、え、映画館ですよっ？」

思わず立ち上がりそうになった綾瀬の肩を、溝口の掌が捕らえた。

「動かない」

「は…はい…」

綾瀬の動揺を訝《いぶか》りながらも、染矢が桜色《さくら》に染めた爪《つめ》を頬に寄せる。

「そうなの…。偉《えら》いじゃない。あたし、絶対途中で居眠りぶっこいてたとばっかり思ってたわ」

「居眠り……」

繰り返し、綾瀬は全身から力が抜けるのを感じた。

そうだ。普通は映画館で、あんな行為に及ぶなど、考えもしないはずだ。染矢の想像を超えるほど、非常識《ひじょうしき》な行為に及んでいた自分たちに新たな羞恥が込み上げる。

「居眠りは……、してました」

素直《すなお》に呟いた綾瀬に、染矢が呆れたように瞳を見開いた。

「あら。やっぱり。でもま、その方がおとなしくてよかったんじゃない」

染矢の言葉は、一々尤もだ。

あのまま狩納が寝ていてくれたら、最後までちゃんと映画を観ていられたかもしれない。

「…染矢さんって、なんでも解ってるんですね…」

声に出すつもりはなかったのに、思わず憧憬《どうけい》の念が唇からこぼれた。

綾瀬につき合って出かけた映画館で狩納が居眠りをすることも、その方が余程無害《むがい》なことも。自分が思い至らない狩納の行動を、染矢は全て読み取っている。

ちりりと、胸の端に走った痛みに驚き、綾瀬は長い睫を伏せた。

慣れない痛みと共に、人懐っこい笑顔を自分に向けた少年の面影が脳裏《のうり》を過《よぎ》る。

映画館を出て以来、最《もっと》も綾瀬の心を占《し》め続けているのは、暗闇のなかで強《し》いられた行為でも、ましてや眠りに落ちた男の横顔でもなかった。通路に立ち、真っ直ぐに自分を見た少年の双眸の強さが、一昨日からずっと、胸に貼りついて離れない。

「気持ち悪いこと言わないでよ。あいつの無神経《むしんけい》さを知ってるってだけのことよ」

大袈裟《おおげさ》に肩を竦めてみせる染矢は、大和に指摘されるまでもなく、どんな瞬間も艶《あで》やかだ。容姿の問題だけでない。聡明《そうめい》で、しなやか。なによりも、誰にも臆《おく》せず、朗らかにものを喋《しゃべ》ることができる。狩納は女装癖《じょそうへき》のある男を蛇蝎《だかつ》のように嫌っているが、染矢はそんな彼の嗜好《しこう》を差し引いても十分に魅力的《みりょく》な人間だった。

いつでも気持ちを言葉にすることに不得手《ふえて》で、戸惑い立ち尽くしてしまう自分とは全てが違う。狩納が手元に置くのが、何故《なぜ》自分なのか。その疑問は常《つね》に綾瀬を苦しめた。

「染矢さんは……」

ちいさくこぼれた綾瀬の呟きに、染矢が小首を傾《かし》げる。

「染矢さんは、狩納さんの…お父さんがどんな方だったか、ご存知《ぞんじ》なんですか…？」

綾瀬の問いが意外なものだったのか、染矢が切れ長の瞳を見開いた。

綾瀬はこれまで、ほとんど狩納の家族に関する問いを口にしたことがない。すでに父親とは死別し、身寄りらしい身寄りは持たないと教えられて以来、それ以上の事情を尋ねることはしなかった。

「あ、それ、僕も興味あるな」

鋏を動かしながら、溝口が身を乗り出す。

「狩納パパねえ…」

眉を吊り上げた染矢を、綾瀬は真剣《しんけん》な視線で見詰めた。

「そりゃもう、子供の頃はなんて怖《こわ》いおっさんだろうって思ってたわ。まともに口を利《き》いたこともなかったし…」

「狩納君に、似てたわけ?」

溝口の問いを待っていたかのように、染矢がにやり、と笑った。

「どっちだと思う?」

「…希望としては、狩納君みたいなのが二人もいるとは思いたくないんだけど…。…もしかして、生き写しとか?」

狩納のような男が、二人も存在する。

そんなことを、綾瀬は想像したことさえなかった。

「クローンね」

厳《おごそ》かに返した染矢に、溝口が悲鳴の形に口を歪める。

「……本気?」

「写真見せてあげたいわ。顔だけじゃなくて、性格も相当なもんだったみたいだけど…」

思い出すように、染矢が長い息を吐く。

こくり、とちいさく息を呑み、綾瀬は染矢を見詰めた。

「あの……、狩納さんには……、兄弟とか、いないんです…か…?」

もう少し、気が利いた問いかけはできなかったのだろうか。口にしてから、自分の不器用さを恥《は》じ

たが遅い。

　唐突な綾瀬の問いに、染矢が瞳を大きく見開いた。

「親父さんに、隠し子がいたかってこと？」

　隠し子。

　きれいな染矢の唇から発せられた言葉に、左の胸へ鈍い痛みが走った。

　半分しか血が繋がらないため、まともに弟扱いはされていない。そう言った大和の声が胸の奥で反《はん》響《きょう》する。隠し子という言葉が持つ響きには、大和が口にした通り陰鬱《いんうつ》な影があった。

「…隠し子っていうか…、他に、兄弟とか…」

「兄弟はいないわよ。これ以上あんな男が沢山《たくさん》いるなんて、考えただけでもぞっとするじゃない」

　でも、と、染矢は真顔で腕を組んだ。

「外に子供がいるとしても不思議はないわね。黙ってても、女が寄ってくるような人だったから」

　染矢の言葉に、冷たい確信が胸を這い上がる。具体的《ぐたいてき》に、大和という名前を口に出して尋ねてみたい誘惑《ゆうわく》を、綾瀬は息苦しさと共に懸命に飲み込んだ。

「旦那に直接訊いてやったら。あいつの身辺も焦臭《きなくさ》いから、慌てて心を入れ替《か》えるかも」

　悪戯《いたずら》っぽく笑う染矢に、綾瀬は瞳を伏せた。確かに、狩納へ尋ねられればどんなに楽だろう。大和は本当に弟なのか、と。もし大和が本当に弟なら、どうして離《はな》れて暮しているのか。その理由が、自分の存在に関わっているのならば、自分はどうするべきなのか。

男の全てを知りたいと望むのは、強欲《ごうよく》なことだ。そんな権利がないことくらい、綾瀬にも解っている。

無論一言尋ねれば、狩納は快《こころよ》く応えてくれるかもしれない。だがもし渋面《じゅうめん》を作られ、はねつけられたらどうすればいいだろう。

そんな不安を思い描く自分の弱さに、益々《ますます》視線が重く床を這った。

「危険《きけん》だよ。狩納君ってプライベートなこと聞き出そうとすると、問答無用《もんどうむよう》でぶっとばされそうな雰《ふん》囲《い》気《き》があるじゃない」

「なによ。溝口さんまで、狩納には気を遣《つか》ってるっていうわけ?」

「命は惜《お》しいからね。君が誤解《ごかい》するほど、僕は図々しい男じゃないんだよ」

胸を張った溝口が、綾瀬の髪を手櫛で整えた。出来映《できば》えを確かめるように、少し離れて眺め回す。

「でもま、最近はあれで随分ましになったけどね。狩納君」

笑みを深くして、溝口が綾瀬の肩から切り落とした髪を払った。

「ちょっと前なら、こんなふうに綾ちゃんで遊ばせてくれなかったもん。これもみんな、綾ちゃんのお陰だよ」

はい、出来上がり、と、溝口が大きな手鏡《てかがみ》を綾瀬に差し出す。

鏡のなかの自分を覗き込み、綾瀬は笑顔で頷いた。

「ありがとうございます。すごい、溝口さん。俺が切るのと、やっぱり全然違う」

不揃《ふぞろ》いに切り揃えただけだった前髪が、風を含んだように軽い。前髪だけでなく、全体的に短くなった髪は、綾瀬をいつもより活発に見せた。

「喜んでもらえればなにより嬉しいな。今度はもっと揃えるだけにして、伸ばしてみない？　染矢君みたいに」

機嫌のよい顔で染矢を指差され、綾瀬が慌てて首を横に振る。

「いっ、いえっ、結構《けっこう》です……っ」

「どうして？　絶対可愛いと思うよ。色々なアレンジもできるしさ」

「ほ、本当に今のままでいいです！」

うっとりと呟かれ、綾瀬は首だけでなく、両手を使って懸命に訴えた。

「ちぇー。気が変わったらいつでも言ってね」

子供のように唇を尖らせながら、溝口が床に散った綾瀬の髪を掃《は》き集める。

「本気で溝口さん、綾ちゃんの髪で針山《はりやま》作る気？　いやあねえ。綾ちゃん、変態親父《へんたいおやじ》が狩納に殺される前に、一緒に出かけましょ。夕ご飯の買い物、つき合うわよ？」

立ち上がった染矢に尋ねられ、綾瀬が居間《いま》の時計を振り返る。思ったよりも進んでいた短針《たんしん》に、綾瀬はちいさな悲鳴を上げた。

「ごめんなさい。俺、これからアルバイトがあるんです。もう行かないと…」

本当は午後から入る予定だったアルバイトを、散髪《さんぱつ》の都合で二時間ほど遅《おく》らせてもらっていたのだ。

しかし時刻《じこく》はすでに、約束の時間を過ぎている。

慌てる綾瀬に、染矢が仕方なさそうに溜め息をついた。

「じゃあ二階まで一緒に行きましょう。お仕事、頑張《がんば》ってね」

どんな時でも相手を気遣う一言を忘れない染矢に、綾瀬が大きく頷く。


「失礼《しつれい》します」

強張った声を投げ、綾瀬は厚《あつ》い事務所の扉《とびら》を開いた。壁に埋められた看板《かんばん》には、帝都《ていと》金融とある。

綾瀬のアルバイト先であり、狩納が経営する事務所だ。

人工の光で満たされた、清潔な事務所が綾瀬を迎える。象牙《ぞうげ》色の壁紙《かべがみ》で統一《とういつ》された室内は明るく、カウンターや来客用のソファセットなど、全てが十分に手入れされていた。

木製のカウンターを挟んで、通りに面した窓側には従業員《じゅうぎょういん》の机が並べられている。机の一つでは、従業員の久芳操《くばみさお》が電話を受けていた。

「遅くなりました」

ちょうど電話を終えた久芳に、綾瀬が改めて頭を下げる。

急いで自分の机に向かおうとした綾瀬は、衝立《ついたて》の向こうから聞こえる声に足を止めた。まだ少し高さの残る少年の声が、子供っぽい歓声《かんせい》を上げている。

「静かにしねえと、摘み出すぞ」

衝立越しに、少年を戒《いまし》める狩納の低い声音が聞こえた。

しかし言葉ほど、男の声音は怒ってはいない。呆れたような男の声に、綾瀬は戸惑いながら席についた。

「…狩納さんに、お客さんですか?」

迷いつつも、向かいに座る久芳に尋ねる。電話帳を指で辿り、久芳が小さく頷いた。

久芳はこの事務所の開業当時からの、従業員の一人だ。寡黙《かもく》な男で、表情の変化に乏しく感情を読みとり難い。

最初は、自分の相手をするのを億劫《おっくう》がっているのではないかと、不安に感じたこともあった。しかし久芳が決して意地の悪い男ではないことを、綾瀬もここでのアルバイトを通じて学び始めている。

「もしかして、大和君…ですか?」

綾瀬が口にした少年の名に、久芳がわずかに視線を上げる。

「綾瀬さん、ご存知なんですか」

感情の起伏《きふく》が少ない久芳の声音に、意外そうな響きが籠《こ》もった。まさか狩納が、大和を綾瀬に紹介《しょうかい》していたとは思ってもみなかったのだろう。

「ええ。…この前、映画館で会ったんです」

狩納が意図的に綾瀬と大和とを引き合わせたわけではなく、あの日の出会いは偶然《ぐうぜん》のものだ。そう教えると、久芳は得心《とくしん》がいった様子で小さく頷いた。

久芳も大和の存在を知っているということは、大和が事務所を訪《おとず》れるのは、きっと今日が初めてではないのだろう。

以前の狩納は、綾瀬を自分の仕事に近づけることを極端に嫌がった。この事務所でアルバイトをさせてもらえることになり、一番驚いたのは綾瀬自身だ。

自分がここに通うことを許されるずっと以前から、大和は気軽に事務所を訪ねる立場にあったのかもしれない。

その想像に、少し胸苦しくなる自分自身に、綾瀬は戸惑い俯いた。

「久芳さん。昨日頂《いただ》いたファイリングなんですけど…」

「ああ、あちらが終わったら、このコピーと、リストの入力をお願いできますか」

久芳に示された書類《しょるい》の束を受け取ろうと、綾瀬が席を立つ。

今は仕事中だ。それに集中するよう自分に言い聞かせ、分厚いファイルを持ち上げようとした綾瀬の指から、紙の束が滑り落ちた。

「…ぁ…っ」

慌てて腕を伸ばし、受け止めようとしたが間に合わない。滑りやすいビニールに収められていた書類が、音を立てて足元に散らばる。

「す、すみません…っ」

席を立とうとした久芳を押しとどめ、綾瀬は急いで書類を集めようと腕を伸ばした。しっかりしなければと、考えているそばからこのざまだ。

「そんなところでなにしてんだ？」

響きのよい声に背中を打たれ、綾瀬の指先がぎくりと強張る。

「来てたのか、綾瀬」

怖《お》ず怖ずと顎を反らし、見上げた視界に大柄な男の影が落ちた。

「ごめんなさい。俺、遅れて……」

しかもその上、大切な書類を床に撒《ま》いてしまったのだ。最悪の現場を見咎《みとが》められ、綾瀬は散らばった紙を狩納の眼から隠してしまいたい衝動《しょうどう》に腕を広げた。

「別に構わねえよ。それよりいい感じになったじゃねえか」

わずかに眼を細められ、綾瀬はすぐにはなんの話なのか理解ができなかった。しかし軽く顎をしゃくられ、ようやくそれが髪の話題であることに気づく。

「あ…、ええ。溝口さんがきれいに切ってくれました」

綾瀬自身では、決してこうはゆかない。俯いた綾瀬に、狩納がカウンター越しに腕を伸ばす。

髪に触れたいのだと悟り、綾瀬は迷いながら頭を上げた。

「なぁ北！　ケチケチせずに来るって言えよ！　って、あれ。綾瀬サン」

男の指が髪へ触れるより早く、衝立の向こうから大きな声が飛ぶ。立ち上がった大和が綾瀬を見つけ、心底驚いた様子で瞳を見開いた。

「大和。おとなしくできねえなら事務所には入れねえって言ってんだろ。俺は仕事中なんだ」

大きな声で叱りつけられ、大和が眦を吊り上げる。

「金融の仕事くらい、俺にもできるから手伝ってやるって言ってんだろ。大体北が俺の年の頃にはやくざの……」

「黙《だま》れっ！　やっぱガキなんか入れるんじゃなかった」

一喝《いっかつ》した狩納が、ソファへ大股に引き返し大和の襟首《えりくび》を摑み上げた。

拾い集めた書類を抱えたまま、そんな二人の後ろ姿を遠くに見る。カウンターを隔《へだ》てただけにも拘わらず、綾瀬には大和の頭を抱え込む狩納の姿が酷く遠いもののように思われた。

綾瀬にとって、こうした感覚《かんかく》は初めて味わうものではない。

むしろ、よく体に馴染んだ感覚だ。

健康で仲睦《なかむつ》まじい家族を、憧憬と共に眺め遣る。

自分に背中を向け、飾《かざ》りのない笑顔を家族に向けるのは、親しい友人だったり、あるいは隣家《りんか》の住人だったりした。綾瀬には溶け込むことが許されない、温かな輪《わ》。

両親を、そして祖母を失った綾瀬を、手放しで受け入れてくれる家族の輪は、もうない。何度振り払おうとしても、理屈《りくつ》では打ち消すことのできない自分の弱さは、形のない亡霊《ぼうれい》のようだ。

「社長。綿貫建設《わたぬきけんせつ》の社長からお電話が入っています」

電話を受けた久芳が、狩納に声を投げる。腕の時計に視線を落とした狩納が、大和の頭を手荒《てあら》に掻き回した。

「迎《むか》えが来たら、さっさと帰れよ」

「可愛げねえこと言うなよ。そんなんじゃ俺の部下にしてやんねーぞ、北」

生意気に返した大和の頭にごつりと拳を落とし、狩納が社長室を示す。

「社長室《へや》で受ける。回せ」

狩納の指示《しじ》に、久芳が機械のように頷いた。立ち尽くしている綾瀬に一度だけ視線を向け、狩納が社長室へと消えてゆく。

「綾瀬さん。なにかお飲みになりませんか」

席を立った久芳に尋ねられ、綾瀬は拾い集めた書類を机に置いた。

「あ、それなら俺がやります」

「いえ。私が。電話が入ったら、お願いできますか」

コーヒーカップを手に給湯室《きゅうとう》へ向かった久芳へ頭を下げ、書類を確認する。

「綾瀬サン、まさかここでアルバイトとかしてるわけ？」

コピー機へ向かおうとした背中へ、唐突に声を投げられ綾瀬はぎくりとして振り返った。いつの間にソファを離れたのか、ジーンズの尻《しり》ポケットに両手を入れた大和が立っている。

「う、うん。そうなんだ」

急に声をかけられたことに戸惑い、綾瀬は曖昧な声を返した。

身構《みがま》えた綾瀬に反し、大和の目に浮かぶのは屈託のない笑みだ。やはりあの時、大和の目に敵意《てきい》を見たと感じたのは、自分の胸にある疚《やま》しさのせいだったのだろうか。

「すごいねえ。俺なんか、今日みたいに事務所連れてきてもらうだけでも一苦労《ひとくろう》なのに」

大袈裟に溜め息を吐き、珍しそうに久芳の机を覗き込む大和は、無邪気《むじゃき》な子供そのものだ。その笑みに、綾瀬は強張っていた自分の胸から緊張が解けるのが解った。

「俺だって、すごくはないよ。全然役に立ててないから…」

自信なく視線を落とした綾瀬を眺め、大和が机に置かれていたファイルを指で辿った。

「さっきもなんか、失敗《しっぱい》してたもんな」

気軽な様子でにこりと笑われ、綾瀬もつられるように笑みをもらす。

「そう…だね」

「なんか、マジで俺、むかついてきちまった」

長く、もう一度溜め息を吐いた大和の指が、久芳のパソコンへ伸びた。

今、なんと言ったのか。

それを問い返そうとして、綾瀬は瞳を見開いた。

「ちょ……っ…」

逞しい大和の手が、パソコンから伸びるコンセントを摑む。止める間もなく、大和はそれを無造作に引き抜いた。

「な……」

久芳のパソコンに表示《ひょうじ》されていた文書が、ひゅうん、と、静電気《せいでんき》を呑み込むような音と共に消え失せる。

なにが起こったのか、瞬時には理解ができない。真っ黒になった画面を見つめ、綾瀬はこぼれそうな瞳を見開いた。

「今までの女って、誰も事務所までは図々しく入ってこなかったんだよな」

引き抜いたコンセントを、大和が興味《きょうみ》なさそうに床へ放る。

どさりと音と立てて床に落ちたコンセントの束を眺める大和の目には、敵意の影は微塵《みじん》もない。何事もなかったかのように立つ少年を、綾瀬は信じられない思いで凝視《ぎょうし》した。

「金稼《かせ》ぐなら、上階《うえ》の部屋でだけにしとけよ」

この体を使って。

言いざま、そっと伸ばした腕で胸元《むなもと》を撫でられ、綾瀬は声もなく飛び退いた。

「な、なにを……」

声が、引きつる。

今、少年は明らかに故意《こい》にコンセントを引き抜いた。コンセントを引き抜けば保存《ほぞん》されていない文書がどうなるか、大和にだって解っていただろう。

「言いたきゃ北に言いつけろよ。お前を北が信じるかどうかは、知らねえけど」

肩を竦められ、綾瀬が息を詰める。

半分とはいえ血が繋がった弟と自分。そのどちらの言葉を信じるだろうかと、大和は言うのだ。

「わ、わざとじゃないんだろう…？　コンセント抜くなんて…」

「さあ。綾瀬サンはどう思う？」

尋ね返され、言葉に詰まる。苦しげに視線を歪めた綾瀬の頬に、乾いた大和の指が触れた。

「北も気紛《きまぐ》れだからさ、あんたとどんだけ続くかなんて知らないけど、正直言って嫌なんだよな。使えねえ奴が事務所うろうろするのも、北の側に居座んのも」

そっと頬骨を辿った大和が、眉を吊り上げる。鈍器《どんき》で殴りつけられるような衝撃を覚え、綾瀬は息を詰めた。

「や…、い、居座るなんて…」

「違うって言うなら、さっさと出てけよ」

さっぱりとした声音を突きつけられ、綾瀬は息を呑んだ。

「俺も、北と暮らしたいって駄々《だだ》捏《こ》ねる年齢《とし》じゃないけどさ。でもそろそろ兄弟で暮らせるかと思ってたとこに出てきたのが、あんたみたいな役立たずだと、がっかりするわけよ」

綾瀬の言葉になど耳を貸さず、大和が大きな嘆息をもらした。

狩納と暮らしたい。その言葉の重さに、喉の奥に空気が溜まり、ずっしりと呼吸を塞ぐ。彼ら兄弟の生活を妨げるのは、やはり紛れもなく綾瀬自身の存在なのだ。

「あんただって、自分でも出てった方が北のためだと思わねえ?」

いかにも不思議そうに尋ねられ、指先が凍《こご》える。

確かに今の生活が全て正しいとは言い切れない。返せるものならば、狩納を家族の元へ返すことは大切なことだと思えた。しかし決して正しい道ではないにしろ、ここに至るまでに進んだ道は、綾瀬自身が選んだものであることも確かなのだ。

「それは…」

呻いた綾瀬の背中に、給湯室を出る人の気配が触れる。はっとして振り返ると、三人分のコーヒーを用意した久芳が立っていた。

「どうかしましたか」

立ち尽くす綾瀬に、ただならぬ気配を察したのだろう。心配気な声で尋ねられ、綾瀬は沈黙《ちんもく》したパソコンに目を向けた。

「久芳さん…」

喘ぐように声をもらした綾瀬の視線を追い、久芳が電源《でんげん》の切れたパソコンを見る。異変《いへん》に気づいた久芳の眉間《みけん》が寄せられた。

「ご、ごめんなさい…!」

考えるより先に、深く頭を下げる。じっと自分を見詰める大和の視線を感じながら、綾瀬は体を二つに折った。

「お、俺、間違えてパソコンのコンセントを抜いてしまって……」

頭のなかが、真っ白になる。

気の利いた言い訳を口にすることなど、思いつきもしない。ただ懸命に頭を下げ続ける綾瀬に、久芳が彼らしくもない焦りを浮かべる。

「コンセントが抜ける前に、なにかデータには触りましたか?」

「い、いえ…。保存も全く…」

綾瀬を責《せ》めることもせず、久芳がパソコンを覗き込み、コンセントを差し直した。二人の遣り取りを眺めていた大和の尻ポケットで、携帯電話が軽やかな呼び出し音を上げる。

「取り込み中のとこ悪いけど、俺、帰るわ」

携帯電話を覗き込んだ大和を、久芳が振り返った。

「お送りできませんが、大丈夫《だいじょうぶ》ですか」

狩納もまた電話が長引いているのか、社長室を出てくる気配はない。開かない扉に一度目をやり、大和が首を横に振る。

「平気。北によろしくな、綾瀬サン」

立ち尽くす綾瀬を振り返った大和の唇には、屈託のない笑みがあった。

しかしその双眸は、決して笑ってはいない。

声を上げることもできない綾瀬に手を振って、大和の背中が出口の向こうへと消えていった。


ブラインドが上げられた窓の向こうに、墨《すみ》色の夜が映る。

夜の深まりとは無関係《むかんけい》に、行き交う車のエンジン音や、地上の闇を埋めるネオンの光は衰《おとろ》えることを知らない。

それでもこのアスファルトで覆われ、ビルが乱立《らんりつ》する新宿の街《まち》にも、季節《きせつ》は着実に浸透《しんとう》している。

数週間前には、まだ暑いと感じていた厚手《あつで》の長袖シャツを着ていてさえ、今夜のような晩《ばん》には肌寒《はだざむ》さを感じた。

内側から施錠《せじょう》し、電気を半分落としている事務所のなかは、そうでなくても寒々しい。客を受け入れるための昼間の顔と違い、夜の事務所はどこか無機質《むきしつ》で、静かすぎるほどだった。

「あ…」

パソコンの画面に見入っていた綾瀬が、ちいさな叫びを上げる。

綾瀬の悲鳴に、電卓《でんたく》を叩いていた久芳が目を上げる。隣の席で書類を纏めていた久芳誉《ほまれ》もまた、心配気な視線を綾瀬に向けた。

鏡で映し取ったかのように、恐ろしいほどに酷似《こくじ》した二つの容貌から、一度に視線を向けられるというのは奇妙な体験だ。一卵性双生児《いちらんせいそうせいじ》だと一目で解る彼らは、寡黙な性質《せいしつ》までよく似ていた。

「だ、大丈夫です。失敗したかと思ったんですが…」

別に久芳たちも、綾瀬を咎めようとしたわけではない。それは解っていたが、綾瀬は慌てて首を横に振った。

昼間大和によってコンセントを引き抜かれたパソコンは、幸いにもその後順調《じゅんちょう》に稼働《かどう》している。ただし保存されていなかった制作《せいさく》途中の文書が全て失われる結果となった。

何度も謝罪《しゃざい》した綾瀬に、久芳は保存を怠《おこた》った自分の責任だと言ってくれたが、無論彼に非《ひ》があるはずはない。結局消えてしまった文書は再度《さいど》綾瀬が入力させてもらうことになったのだが、夕方からの時間は全てがそれで潰れてしまった。

完成間近の文書を慎重《しんちょう》に保存して、そっと社長室の扉を振り返る。

分厚い木製の扉の向こうに、事務所の主《あるじ》たる男はいない。取引先からの依頼《いらい》を受け、狩納は数時間前から手提《てさ》げ金庫を手に外出している。狩納もまた久芳と同様、綾瀬がパソコンの電源を引き抜いたと聞いても、怒ったりはしなかった。

一体何故、とだけ尋ねられたが、それに答えられる言葉はない。まさか自分ではなく、大和が引き抜いたのだと口にしたら、狩納はどんな反応をしていたのか。

自分の想像を振り払うように、綾瀬は薄い唇を引き結《むす》んだ。

「久芳さん…」

細い綾瀬の呼びかけに、二人の久芳が視線を上げる。

「お二人は、ご兄弟でずっと一緒に暮らしていらっしゃるんですよね」

二人の作業の邪魔になることを畏《おそ》れながらも、綾瀬は怖ず怖ずと尋ねた。

「はい。そうです」

二人同時に頷きはしたが、応えたのは兄の誉だ。

機械的に紡がれる声音は、落ち着いて響きがいい。迷いのない久芳の返答に、綾瀬はマウスを握る指に力を入れた。

「もし…もしもですよ。二人が一緒に暮らしたいと思ってるのに、それができない…。しかも、片方《かたほう》が、お二人ほど…お二人の四分の一くらいも仕事ができなくて、仕事以外のこともあんまり上手くできない人間と暮らし始めて…。それで余計に、兄弟二人で暮らすことが難しくなったら、どう思いますか…?」

自分の言葉の要領《ようりょう》の悪さに、情けなくなる。その上同居《どうきょ》相手が同性《どうせい》であったら、という言葉を綾瀬は何度も飲み込んだ。

「…そのできの悪い人間が図々しくて、兄弟で暮らしたがってるのを知りながら、部屋を出ていくこともせずに、仕事の邪魔をしていたら………」

喘ぐように続けた声から、力が失せる。

いつの間にか俯いてしまった綾瀬と身動ぎ一つしない兄とを、弟が見比べた。

「どっちかに、働かない紐《ひも》ができたらどうするか？」

兄に尋ねた弟の言葉に、綾瀬の肩がびくりとふるえる。

働かない紐。

自分は決して、働く意志がないわけではない。しかし成果《せいか》が上がらず、結局は狩納に生活の面倒《めんどう》を見てもらっていることに変わりはなかった。

「紐はともかく…、その時どうして、兄弟で暮らす必要があるかを考えます」

弟を窘《たしな》めながら、久芳が淡々《たんたん》と切り出す。

「必要…？」

「暮らしている相手のせいで、二人の仕事に支障《ししょう》をきたすようなら、それは望ましくありません」

はっきりとした久芳の言葉に、綾瀬はこくんとちいさく息を呑んだ。そんな綾瀬の緊張を読み取ったように、久芳が少しだけ表情を和《やわ》らげた。傍目《はため》にはわずかに双眸を細めたに過ぎない。それでも彼ら兄弟にとっては、大きな表情の変化といえた。

「ただ、一緒に暮らしている当人が、その状況を納得《なっとく》しているのなら、どうすることもできません。本当にお互いが兄弟で暮らしたいと思えば、そうするでしょうし、兄弟で暮らすこと自体も、永続《えいぞく》的なものではないでしょうから」

結局は、自分で決めたことならば、口出しはできないと。

そう告げた久芳の笑みに、綾瀬は大きく瞳を見開いた。

「本当に？」

訝る声が、即座《そくざ》に切り返す。それは綾瀬の唇からもれたものではない。

向かいの席に座る弟が、不審《ふしん》の眼を兄に向けていた。

「だから、お互《たが》いの仕事に支障がない場合、だ」

繰り返した久芳に、綾瀬の唇が弱い笑みを浮かべる。

理性的な久芳でさえ、やはり大和と同様の問題を抱《かか》えた時には、理屈では簡単に割り切れるものではないのだろう。溜め息をついてしまいそうになった綾瀬の背後で、事務所の扉が開かれる気配があった。

「お帰りなさいませ」

気づいた久芳が、戸口に向けて頭を下げる。

無造作に開かれた扉の向こうから、大柄な男の影が事務所へ落ちた。薄手の防寒具《ぼうかんぐ》を腕にかけ、少しだけネクタイを緩《ゆる》めた狩納の体から、深まる秋の空気が香《かお》る。

「綾瀬。まだいたのか」

防寒具を受け取るため席を立った綾瀬を見つけ、狩納が眉を吊り上げた。狩納が驚くのも無理はない。壁の時計は午後十時を過ぎていた。

「すみませんでした、パソコンの件は、本当に……」

俯いた綾瀬に、狩納が鞄《かばん》と防寒具を預ける。

「気にするな。壊れたわけでなし。俺ももう少しで上がる。お前たちも適当《てきとう》なところで帰っていいぞ」

言葉通り気に留《と》めた様子もなく、狩納は事務所に残っていた久芳たちに声をかけた。狩納が社長室へ入るのを確認し、給湯室へ急ぐ。

狩納は夕食を取っただろうか。事務所に残っていた綾瀬は、結局食事を取っていなかったが、あまり食べたいとも思えない。狩納のためにコーヒーを用意しながら、綾瀬は溜め息を嚙み殺した。

「失礼します」

盆《ぼん》を手に社長室の扉をくぐった綾瀬を、事務所と同じ象牙色の壁紙が迎える。

まず目に飛び込むのは、木目がうつくしい大きな机だ。綾瀬一人の力では、持ち上げようとしても髪の毛ほどの隙間《すきま》さえ作れそうにない。

その机の端に尻をかける形で、長身の男が立っていた。肩口に受話器《じゅわき》を挟み、左手でペンを握っている。そこに狩納がいるだけで、部屋全体の印象までが変わる気がした。

狩納が存在することで、磨き上げられた家具の並《なら》ぶ部屋が、完璧なものになる。果たしてそこに自分の居場所《いばしょ》など、求めようがあるのだろうか。

「……っ」

そっと机にカップを置こうとして、爪先《つまさき》が絨毯《じゅうたん》の上でもつれる。危ない、と思って踏みとどまろうとしたが遅かった。電話を終え、受話器を下ろした狩納が軽く眼を開く。

「あ…」

音もなく、カップのなかで熱いコーヒーが波打った。

カップの縁を越えた液体《えきたい》が、綾瀬へと伸ばされた狩納の腕を汚し、床へとこぼれる。

「大丈夫か？」

コーヒーの熱さも構わず、男が綾瀬の手の上からカップを支えた。狩納の袖口《そでぐち》を汚し、机にまで流れたコーヒーを目の当たりにし、綾瀬は弾かれたように給湯室へ向かった。

「ご、ごめんなさい！」

大急ぎでタオルをぬらし、狩納のスーツを拭《ぬぐ》う。熱いコーヒーを浴《あ》びても、狩納は呻き声一つもらさなかった。

「すみませんでした…っ、火傷《やけど》は……」

「スーツが汚れただけだ。洗《あら》いに出せばいい」

取り乱す綾瀬に、狩納が机に凭れたままスーツの上着を脱《ぬ》ぐ。男の言葉に応えることもできず、綾瀬が懸命に汚れたスーツを拭った。

「本当にごめんなさい、俺……」

テーブルを汚し、狩納の袖口を汚すコーヒーの染みが自分自身の醜《みにく》さのように思え、綾瀬は込み上る呻きを懸命に飲み込んだ。その頭上で、男が大きく息をつく。

「……っ」

いい加減にしろと、怒鳴られるのではないか。

男の怒声を覚悟《かくご》し、奥歯《おくば》を食い締めた綾瀬のこめかみを、大きな男の掌がはたいた。

「…ぁ…」

決して、強い力ではない。軽く注意を促すように触れられ、綾瀬ははっとして男を見た。

「なにをそんなに気にしてんだ」

尋ねた男の指が、脱いだ上着の隠しから煙草を探り出す。我慢《がまん》強ささえ感じる男の声に、怒りの色はない。

「な、なにも……」

「嘘をつくな。パソコンのことだったら気にすんなって、さっきから言ってんだろ?」

ちいさな舌打ちをもらした男の掌が、そっと綾瀬の頭を引き寄せた。ちいさな綾瀬の頭部など、厚い男の掌のなかには造作なく収まってしまう。

「狩……」

屈み込む男の影が、小柄《こがら》な綾瀬の体を飲み込んだ。

口吻けられる。

その意図を察し、綾瀬は後退り、逃げようとした。しかし二本の腕で包むように頭部を引き寄せられ、呼吸が触れ合う。

「ん…、ん……」

慣れた仕種で唇を塞がれ、詰まるような息がもれた。

すぐに伸びた舌が、逃げようとする唇の形を探《さぐ》る。途端に、乾いていた唇が敏感な器官《きかん》に変わり、じわりとした痺れが放射状《ほうしゃじょう》に胸を伝い下りた。

「…ぁ…」

戦慄き体を離そうともがく綾瀬を、男は二本の腕で頭を摑み縫《ぬ》い止める。太い親指の腹が耳殻を揉み、撫で上げる動きで耳を塞いだ。

唇を割り、入り込んだ舌の音が、耳の奥で反響する。逃げる舌を熱い舌先で突かれ、声がもれそうになった。

男の指で捕らえられた頭皮から、汗が噴《ふ》き出しそうだ。同時に、ふるえが湧《わ》いてしまいそうな冷たさを、背中の皮膚の下に感じる。

体を売るのが役目なら、事務所にまで出しゃばるなと詰った大和の声が、煩いほどに胸を責めた。

「やめ……っ」

折り込まれた腕を懸命に伸ばし、男の胸板《むないた》を押し返す。整わない息を噛み、顔を伏せようとする綾瀬の二の腕を、大きな男の掌が摑み取った。

今度こそ、怒鳴られるだろうか。

肩を喘がせる綾瀬の頭上で、狩納が鈍い舌打ちの音を響かせた。

「……大和か?」

男の口から出た名に、捕らえられた綾瀬の痩身が、ぎくりと引きつる。

反射的に上げた視線を、男の双眸が真っ直ぐに見返した。その眼には、情欲《じょうよく》の色はない。

すぐに見ていられなくなって、逃げるように落とした視線の先に、こぼれ広がったコーヒーが飛び込んだ。

「…萎《しお》れてやがるのはパソコンの件だけかと思ったが、まさか昼間、あいつになんか言われたんじゃねえだろうな」

綾瀬の沈黙を、肯定《こうてい》と悟《さと》ったのだろう。狩納が舌打ち交じりに吐き出した。

「あのバカ、お前になにを言った」

机に尻を乗せたまま、狩納が背中を屈めて綾瀬の視線を探る。まるでちいさな子供と、眼を合わせる仕種のようだ。

「大和君は……、なにも……」

「どうせろくでもない話だろう。言ってみろ」

問いただされ、綾瀬は益々視線を逃した。

大和が狩納と共に暮らしたがっているのを知りながら、狩納はそれを拒み自分と生活を共にしているのか。

もしそれが本当ならば、どうして今まで教えてくれなかったのか、と。

問われるまま全てを吐き出してしまえれば、どれほど楽だろう。しかしその問いを口にできないのは、狩納から与えられるであろう応えを、自分が畏れているからに他ならない。

慣れない胸の痛みだけが、きりきりと惨めに自分を苛《さいな》んだ。

「あんな子供の言うことを鵜《う》呑《の》みにするな。…ほら、言えよ」

促す男の掌が、そっと綾瀬の首筋を撫でる。

狩納のような男から見れば、大和も自分も、取るに足らない子供なのだろう。甘やかす動きに、綾瀬は薄い唇を噛んだ。

「俺……」

喘いだ唇が、緊張に乾いた。

「俺……、やっぱり狩納さんの事務所でアルバイトをするのは、辞めさせてもらおうと思うんです…」

一息に吐き出した言葉が、肺を寒々しくふるわせる。

「なんの話だ」

「…俺、失敗ばっかりで、無理して使ってもらってたのに……、だから……」

「パソコンのことは、怒ってねえって言ってるだろ」

繰り返した男の声を、これ以上聞いているのが怖くて、綾瀬はせわしなく乾いた唇を舌先で湿らせた。

「そ、それだけじゃなくて……、これ以上は無理なんじゃないかと思うんです。でも、ちゃんと返済はさせてもらいますから、時給《じきゅう》は安くなると思うけれど、どこか他の仕事を……」

「駄目だ」

綾瀬の言葉を最後まで聞くことなく、狩納が短く吐き捨てる。

「事務所の仕事が嫌なら、いつ辞めてもいい。それと余所《よそ》で働くのは別だ」

なんの苦痛も伴わない男の言葉に、綾瀬は覚悟を決めていたこととはいえ息を呑んだ。

必要とされていないことは、解っていた。辞めていいと、簡単に認《みと》められることも自分の不出来さを思えば当然だろう。

最も恐ろしいのは、男の言葉に胸の痛みを感じている自分だ。

事務所への出入りを許され、大学への復帰《ふっき》も叶《かな》えられ、全てを自分が望むまま与えてくれるこの男に、自分はこれ以上なにを期待しようというのだろう。

「大和になに聞かされたかしらねえが、余計なことを考えるな」

余計なこと。

嘆息交じりの男の言葉に、綾瀬は薄い背中を強張らせた。

「約束しただろう。必要なことは、俺が話す」

それ以外のなにも、お前は詮索《せんさく》する必要はない。

お前はなにも知らなくていいのだと、そう断言する男に、胸の奥でなにかが悲鳴を上げた。

「そうは言うけど、俺、仕事でもなんでも全然頼りにならないから、狩納さんも、きっと俺に話せないことは沢山あるだろうし……っ」

自分でも驚くほど鋭い声が、唇からこぼれる。

ここが夜も深い社長室であることを忘れ、綾瀬は摑まれた腕を振り払った。

突然の綾瀬の悲鳴に、狩納が眉を寄せる。

驚く男の表情を目の当たりにしても、急《せ》き立てられた自分を止めることはできなかった。喉の奥が吹き荒れる風の塊を飲み込んだように、がさがさと痛む。

どんな言葉を吐き出したところで、この全身に広がる痛みを摑み出すことは不可能だと思えた。

痛みではない。

これは、自分自身の醜さだ。

「話せないとは言ってねえだろう。あいつになにを言われたのか、言えって言ってるだけじゃねえか」

苛立《いらだ》つ男の声に、指先がふるえる。

本当に、狩納にとっては些細《ささい》なことなのだろう。自分が狩納の側にいるのに見合うだけ、働きのある人間かどうか。家族の大切な事情を、打ち明ける価値《かち》のある人間かどうか。そんなことは、狩納にとって、本当にどうでもいいことなのかもしれない。

「無理だったんです。お、俺は、大和君みたいに、狩納さんと特別な繫がりがあるわけじゃないし…っ」

吐き出した言葉に、かつて狩納に投げつけた自分の声音が蘇る。

あなたは自分の家族でないから、自分の痛みを理解してくれないのだと。

狩納を罵《ののし》った言葉が、今は同じ痛みで自分を斬《き》りつける。

「図々しく、アルバイトまで…。…ここに住まわせてもらうべきじゃなかったんだ。俺、駄目だ…。やっぱり………」

どんどん我が儘で、我慢の利かない自分になってしまう。

狩納を詰り、貪欲《どんよく》に期待し、裏切られたと言っては勝手に傷つく。

一人で暮らしていた頃の自分は、あたたかな家族の輪を作る人々を憧憬の目で見詰めはしても、それ以上の感情を抱くことはせずに済んだ。あのぬくもりが自分のものではないからといって、痛みを覚えることなどなかったのに。

子供と同じだ。

寂しいと。この感情を教えてくれた人まで、自分は恨もうとしているのだろうか。

「駄目かどうか、どうしてお前が勝手に決めるんだっ」

続く言葉を見つけられずにいる綾瀬の真横で、堅い男の拳が机を打った。

がたんと響いた大きな音に、綾瀬の肩が弾む。

ぎょっとして見上げた男の眼が、暗い光を湛《たた》えて自分を見下ろしていた。

「勝手にびびって、勝手に逃げようたって、そんなわけにいくかよ」

吐き捨てた男の腕が、竦み上がる綾瀬の腕を引く。悲鳴を上げる間もなく机へと体を押しつけられ、綾瀬は身を捻った。

「俺が下手《したて》に出てる間に、なにがあったかさっさと白状《はくじょう》しろ」

そうでないと、自分でもなにをするか解らない。

男の声音の底にある、冷え冷えとした気配に、綾瀬は喉の奥で息を詰めた。

「…ぁ……っ…」

逃げなければ。

本能的《ほんのうてき》な警鐘《けいしょう》に、痩せた体をもがかせる。男の腕を振り払い、距離を取ろうとしたが無駄だった。

「痛……っ」

暴れる二本の腕を、狩納が一纏《ひとまと》めに摑み上げる。空いた右の腕で、男が広い机の上から灰皿《はいざら》ごと書類を払い落とした。

「…っ」

ばさばさと大きな音を立て、机の上に置かれていたものが床へ散らばる。

竦み上がった綾瀬の背中を、狩納が机の上へと突き飛ばした。

「…やめ……」

「静かにしてろ。久芳を心配させても、かわいそうだろう?」

扉を振り返りもせず、狩納が薄く笑う。

ぎくりと息を詰め、綾瀬は閉ざされた扉に目を向けた。

今の物音は、確実に隣室《りんしつ》にも響いているはずだ。もしかしたらそれ以前に、我を忘れ怒鳴った綾瀬の声に、久芳たちは不審を抱いているかもしれない。

「狩……」

「綾瀬。俺は気の長い男か？」

毒のようなやさしさで、狩納が尋ねる。

無論、狩納が決して自分を許さないだろうことは解っていた。

笑みのない男の眼光が、鈍く光る。


痩せた肘《ひじ》が、机にぶつかり鈍く痛んだ。

肘だけでない。汗が滲んだ肌が、机の木目に貼りつき、不快《ふかい》に歪む。体温を吸ってぬるくなった机の上で、綾瀬は込み上げる息を懸命に噛んだ。

「……、…や……」

くちゃりと、粘《ねば》つく音を上げて粘膜《ねんまく》へと太い指が入り込んでくる。浮き上がった腰を追う動きで、腹のなかを掻き回す指が曲げられた。

「狩……」

男の名を呼んでいるのか、切れ切れの息をもらしているのかも解らない。弱まることのない照明《しょうめい》が、閉じた瞼を貫《つらぬ》いて綾瀬を責める。

広い机の上で大きく足を開く姿勢を強いられたまま、綾瀬は浅い息を啜った。

「…ん…、ぁ……」

床に散らばる書類や、机の上にこぼれるコーヒーの染み。そしてぬれた自分の声以外、室内はいつもと同じ清潔さで照らし出される。

「……く……」

ジェルをたっぷりと男の指で塗り込まれた直腸《ちょくちょう》は、すぐにやわらかく溶《と》け、太い指の侵入《しんにゅう》を容易にしてしまう。冷たくなった指先で、太い男の手首を摑み、懸命に動きを止めようとしても無駄《むだ》な抵抗《ていこう》だった。

ぐちゅっと、温まったジェルを掻き出す動きで指を曲げられ、白い内腿《うちもも》が引きつる。手首に絡む綾瀬の指の動きさえ楽しんでいるのか、狩納は唇の端を残酷《ざんこく》に笑わせるだけだ。

「…も…、抜い……て…」

迷いのない指の動きに、繊細な粘膜が傷つくのではないかと、本能的な怯えに声がもれる。しかし狩納の指の太さや手管《てくだ》を覚え始めた体は、綾瀬が危惧《きぐ》するより易々《やすやす》と男が与える熱にとろけた。

「勝手に終わるなよ。スーツが汚れる」

揶揄《やゆ》した男の指が、張り詰め、健気《けなげ》にふるえている綾瀬の性器《せいき》を弾く。

「い…っ」

つきん、と針を突き立てられるような痛みを、同じくらい鋭い性感が追いかけた。

嫌だと口で繰り返しながらも、一度飲み込まれてしまえば、惨めに屈してしまう。それが肉体的な傷を回避《かいひ》するための本能的な能力なのか、みだらな性なのかは、綾瀬にも解らない。

「…放し……て……」

細い声で訴え、男に捕らえられた膝をふるわせる。

「まだそんな可愛気ねえ口を叩く余裕があんのか」

嘆息した男が、狭《せま》い粘膜のなかから勢いをつけ、指を引き抜いた。

「……っ」

張り詰めていたものを急速に失い、充血した粘膜が外側に捲れ上がる。狩納の視線から逃れようと、膝を片側に倒し、起き上がろうとした綾瀬の腰を、大きな掌が包み取った。

「見せるだけ見せて、終わりってこたぁねえだろう」

「や…」

喘ぐ綾瀬の体に比べ、息一つ乱すことのない狩納の力は強い。

「自分で押さえて、尻を開いてろ」

「……な…」

机の上を這い逃れようとした指で、自らの膝裏や太腿を掴むように強いられる。男の眼によく見えるよう、自分で足や尻を開き、固定《こてい》していろと言うのだ。

「嫌……！　…放…」

嫌がり、狩納の体を遠ざけようともがく綾瀬の耳元で、突然けたたましい音が響いた。

「……っ」

電話の、呼び出し音だ。

緊張の強さにどくどくと、こめかみで鼓動が響く。まるで恥辱《ちじょく》に満ちた行為を見咎められでもしたように、綾瀬は息を殺して体を強張らせた。

「やめ……」

薄く笑い伸ばされた狩納の腕に、綾瀬は反射的に取り縋った。電話に出ようというのだ。

懇願の声を絞った綾瀬には構わず、男が受話器に触れる。しかし男が受話器を取るより早く、呼び出し音はぷっつりと途《と》切《ぎ》れた。

「…久芳の奴、まだ残ってるみてえだな」

気のない様子で呟かれ、綾瀬が息を詰めて視線を巡らせる。電話は切れたのではなく、事務所で久芳がとったのだ。

「…も、もう…、お願…」

久芳は、まだ残っていたのか。

絶望的な思いで、綾瀬は細い声を上げた。

これ以上こんな場所で、一方的な羞恥を与えられるのには耐えられない。自分がどんなに浅ましく、惨めな存在なのかは十分すぎるほど教えられた。

大和が言った通りだ。ただいてもいなくても痛痒《つうよう》を感じないアルバイトに比べれば、快楽《かいらく》の前に惨めに崩れてゆく体の方が、狩納にとって価値があることを、否応《いやおう》なく教えられる。

「あんまりでかい声を出すと、覗きに来るかもな」

涙にぬれた綾瀬の頬を舐め、男の手が再び、綾瀬の指に自らの下肢《かし》を開かせる。ひくりと息を詰め、綾瀬は涙にぬれた目で男を見た。

間近で噛み合った双眸に、笑みの影はない。

喘ぐように目を閉じると、長い睫に絡んだ涙が、なまあたたかく頬を伝った。

「尻、ちゃんと押えてろよ」

甘く響く声で命じられ、ふるえる息を懸命に噛む。

「……ん…」

蛍光灯《けいこうとう》の明かりと、男の視線が汗の浮いた皮膚に刺さる。釦《ぼたん》をむしり取られ、半端に残ったシャツを爪の先で払われると、自分の手で支えた尻がふるえた。

「尖ってるぞ」

先ほどまで舌と歯、指先で捏ね回されていた乳首が、男の言葉に更にきゅっと凝《しこ》る。痛いほどに張り詰めた部分は、どこも自分がこぼす蜜《みつ》と、男の唾液《だえき》でべたべたにぬれていた。そんな場所を、自分からせがむ仕種で固定させられる羞恥が、より綾瀬を敏感にする。

「久芳に見られると思うと、興奮《こうふん》するのか？」

「違……」

残酷な男の揶揄に、綾瀬は懸命に首を横に振った。

尻に食い込む指が、怠《だる》く痺れてくる。放り出されたままの粘膜の奥が、自分の指のわずかな力の加《か》減《げん》にさえ、疼《うず》くような焦《じ》れったさを伝えた。

浅ましい。

本当に、これが自分の体なのだろうか。

こんな自分が狩納に望まれた姿なら、自分はどうなってしまうのか解らない。

「遠慮するな。どうせアルバイトは辞めたいんだろ」

どうでもよさそうな調子で、男が机の上に投げ出されていた長細い容器《ようき》を拾い上げる。狭い綾瀬の粘膜をぬらすため、たっぷりと塗り込んだジェルのチューブだ。

「……」

男の言葉に、強く目を瞑《つぶ》る。

辞めたいわけではない。

我が儘極まりない叫びが、胸を叩く。ぶるりと、もう一度込み上げそうになった涙を懸命に堪えた綾瀬の粘膜を、堅い指が撫でた。

「…ぁ…、痛……」

腫《は》れてふっくらとした粘膜の形を指で確かめ、横に割る動きで入口を引かれる。痛みよりもぬれた場所が引きつれる違和感に声を上げたが、狩納の指は容赦をしなかった。

「バイトを辞めても、いつでもここに、抱かれに来い」

冴えた声で命じ、男が手にしていた容器の口を粘膜に埋める。

「ん……ん……」

なめらかなプラスチックの容器が、狩納の指の助けを借り、ずぷりと直腸へ滑り込んだ。圧迫《あっぱく》感に、声が出る。

そのまま容器を握られ、押し出されたジェルが勢いよく直腸を叩いた。ジェルだけでなく、容器に溜まっていた空気もまた直腸に注がれる。

「……っ、…や…、待……」

直腸を広げながら、直接液体を注ぎ込まれる感覚が辛い。下腹《かふく》が張る疼きと共に、溶けたジェルが尻を伝い机を汚した。

「バイトは嫌でも、気持ちいいことされるのは、ヤじゃねえんだろ」

違うと叫びたかったのか、悲鳴を上げようとしたのか。

ぬれた唇から、引きつった息がもれる。隣室の久芳たちに悟られないよう、声を殺す努力などできそうになかった。

「…狩……、ぁ…」

「嫌なら、こんなに口、開きっぱなしにはできねえもんな」

囁いた男の腕が、空になった容器を無造作に引き抜く。

ぬぷん、と曇《くも》った音が響き、緩んだ肉の口からジェルがちいさな飛沫を作ってあふれた。粗相《そそう》をさせられている錯覚に、泣き声がもれる。

「いい眺めだ」

囁いた男が、どろどろにぬれた綾瀬の内腿へと、堅い肉をすりつけた。

「…ぃ……」

反射的に瞳を上げ、綾瀬がすぐに弾かれたように視線を逸らせる。しかし自らの視界に焼きついた、大きく恐ろしげな男の肉の形を振り払うことはできない。

「明日の夜も、ここで抱いてやる」

囁いた男の肉が、ぐちゃりと音を立て、開かれた綾瀬の粘膜を小突《こづ》く。

「っ…、ぁ…」

太腿を支えていた指を解き、綾瀬は弱々しく机の上をずり上がった。同じ姿勢で固定されていた関《かん》節《せつ》が痛み、瘦せた体が力なく喘ぐ。

「事務所の方が興奮するなら、そっちでも構わねえがな」

逃げる力もない薄い綾瀬の肩を押さえ込み、男が一息に腰を進める。

指の侵入や、容器の太さとは比べものにならない。

ぬちゃっ、と、大きな音を上げ入り込む圧倒《あっとう》的な体積《たいせき》に、綾瀬は薄い唇を懸命に開いた。

「…ひ…、や、ぁ……、ぁ…」

引きつる痛みに、涙が出る。引き裂かれる錯覚とは裏腹《うらはら》に、男の肉は着実に、綾瀬を傷つけることもなく腹の奥へともぐった。

「すげえ。器用に呑み込むな」

笑った男の声が、繋がった部分から微かな振動となって綾瀬を揺さぶる。

「あ、あ……、きつ……い…」

なにを口走っているのかも、解らない。男が言う通り、自分の肉は歓喜《かんき》の声を上げ、狩納の肉を呑み込んでいるのだろうか。

広げられた男の掌が、汗でぬれる綾瀬の下腹を這い、胸の突起を撫でる。引っかかってくる乳首の形が面白いのか、二度三度捏ねられ、腰がふるえた。

「…ぃ、は…ぁ、あ…」

身動ごうとした腰を引き寄せられ、突き上げられる。堪えていた熱を、一気にねじ切られる衝撃に、綾瀬は全身を硬直させた。

「ふ……、…ぁ、……」

自らの指で性器に触れるより早く、熱い飛沫が腹を汚す。

びくびくと全身を痙攣《けいれん》させ、綾瀬は自らの下腹に熱い蜜をこぼした。

「まだ全部、入ってねえだろう」

額に汗を滲ませた男が、無慈悲《むじひ》に笑う。

待って、と懇願を絞る間もなく、収縮《しゅうしゅく》する粘膜を、より残酷な力で抉られた。ふるえ続ける性器から、男の動きに合わせ滴《しずく》が落ちる。

「……ん……」

一思いに握り込んで、乱暴《らんぼう》に扱《しご》かれてしまいたかった。

そうすればもう、なにも考えられなくなる。

「奥まで、ぐちゃぐちゃだぜ。お前…」

掠《かす》れた男の声が、突き上げる動きに合わせて揺れた。机と尻の間に溜まったジェルが、綾瀬の腰が浮くたび、くちゅくちゅと鳴る。

耳元で響く狩納の息遣《いきづか》いと、自分の体が上げるぬれた音。悲鳴。甘えたような喘ぎが、熱に溶けた。

意識も、悲しみも、存在しない。

ただ狩納の下に組み敷かれ、男の動きのままに声を上げ、頽れてゆくだけの肉だ。

「もっと、溶けちまえよ」

綾瀬の胸中など、造作なく男には読み取れてしまうのだろうか。

あるいは読み取れるだけでなく、打ち壊すこともまた、簡単なことなのだろう。きっと、男にはその権利がある。

口吻けの距離で笑った男の眼が、冴えた光を弾いた。

深い呼吸の狭間《はざま》で、ふっと意識が浮かび上がる。

すぐには自分がどこにいるのか解らず、綾瀬は窓から差し込む光に目を細めた。

新宿の上空を覆う重い雲のせいで、日差《ひざ》しは鈍い。それでも眠りから覚めたばかりの綾瀬には、曇り硝子《ガラス》を隔てたような明かりさえ眩《まぶ》しく感じられた。

「……っ…」

熱っぽい溜め息を吐き、軽く頭を振る。自分が凭れていたのがやわらかなソファであることに気づき、綾瀬はもう一度息を絞った。

居眠りをしていたのか。

昨夜綾瀬が眠りに就《つ》いたのは、ほとんど空が白み始める時間だった。狩納に抱えられ社長室を出た時、隣の事務所にはすでに久芳たちの姿はなかった。安堵《あんど》に脆くなった綾瀬を、狩納は笑いながら抱き上げたのだ。

明日も必ず、ここへ来いと。

囁いた男の言葉がどこまで本気なのか、綾瀬には解らない。しかしどんな恥辱的な言葉でも、男は実行に移すだろう。その残酷さが、狩納にはある。

怠さが残る指先を握り合わせ、綾瀬は初めて、自分が何故目覚めたのかに気づいた。

電話が鳴っているのだ。

ぼんやりとした視線を彷徨《さまよ》わせ、立ち上がる。血が下がる感覚があり、膝が萎《な》えた。

「…う……」

ちいさく呻き、ソファの背で体を支える。堅い机の上に長時間投げ出されていた首筋や肩、太腿の内側が鈍く痛んだ。

なにより男の肉を含み込まされ、何度も擦り上げられた粘膜が、じわりとした疼きを宿している。まるで尻の間に、まだなにかを挟み込んでいるようだ。

羞恥を振り払うよう唇を噛みしめ、呼び出し音が鳴る方へ向かう。

誰からだろう。

狩納からかもしれない。すぐにその可能性を思い浮かべ、綾瀬は受話器へと伸ばした指先を迷わせた。

「あ…」

一瞬の躊躇《ちゅうちょ》を詰るように、電話の呼び出し音が途絶える。当惑し、立ち尽くす綾瀬の横顔に、輪郭《りんかく》がぼやけた長い睫の影が落ちた。

電話は本当に、狩納だったのか。

深い眠りのなかにあった綾瀬は、朝も狩納と顔を合わせていない。昨夜寝室《しんしつ》へ連れ帰られて以降、まともに狩納と口を利いてはいないのだ。

用件は、なんだったのだろう。自分が起きているか、あるいは在宅しているかを、確かめようとしたのだろうか。

役立たずのくせに強情《ごうじょう》な自分を、詰るつもりだったのかもしれない。

不健康な自分の想像に、濁《にご》った息がもれる。それだけの動きにも、脇腹《わきばら》が鈍く痛んだ。

シャツを捲り上げ、何気なく覗き込んだ皮膚の上に、変色《へんしょく》した残酷な歯形が浮いている。見てはいけないものを目の当たりにした気がして、綾瀬は視線を逃がした。

入念に洗ったところで、肉体に残る露骨《ろこつ》な性交の痕跡《こんせき》は消し去れない。

体中の皮膚からも。そして狩納だけしか触れたことのない、奥深い場所からも。

自分にはこれほど明確に、狩納の存在が刻まれている。しかし、狩納はどうだろうか。

寝台《しんだい》を後にした男の双眸にはいつもと同じ力強さがあるだけで、昨夜の性交の疲労を読み取ることはできなかった。

疲れ果て、男の痕跡を抱え、取り残されるのは自分一人だ。

それが怖くて、自分は事務所での居場所を欲しがった。身勝手な話だ。

大和に指摘されるまでもなく、気づくべきだった。

自分は、狩納の家族ではない。狩納が自分の家族ではなく、いつでも綾瀬を手元から追い払う権限《けんげん》を持った男であるとはいえ、もうそれに怯えないと決めた。少なくともその覚悟だけでも常に持ち続けようと決めたのだ。しかし狩納の家族にとって、自分がどんな存在かを、考えたことはない。

子供じみた自分に、際限《さいげん》のない嫌悪感と疲労が湧いてくる。

沈黙した電話を、綾瀬は大きな瞳で見下ろした。

一瞬だけ指先を迷わせたが、すぐに視線を引き剥がし、台所へと向かおうとした綾瀬の背後で、人工的な呼び出し音が再び上がった。

電話だ。

考えるより早く、腕を伸ばす。

凍える指で受話器を取り上げ、綾瀬は電話の向こうへと耳を澄《す》ませた。

「はい…っ」

「綾瀬サンだろ?」

微かな期待は、張りのある声音によって打ち壊された。

「は、はい……」

露骨に滲んだ動揺の響きに、電話の向こうで軽い舌打ちの音が鳴る。どくりと、緊張に喉の奥で鼓動が高まった。

「俺、大和。解る?」

携帯電話を使って話しているのか、声に車道を走る車の音が重なる。名乗られるまでもなく、綾瀬には声の主が誰であるか解っていた。

「ええ…。狩納さんは、今……」

「北じゃねえよ。あんたに用があったんだ」

大和の言葉に、綾瀬が息を詰める。

自分がまだこの部屋にいること自体、大和にとっては納得がいかないはずだ。

「俺……」

「あんたに、謝りたくて電話したんだ」

短い逡巡《しゅんじゅん》の後、大和が堅い声で切り出す。

予想していなかった大和の様子に、綾瀬は大粒の瞳を見開いた。

「なにを……」

「北にもパソコンのこと、黙っててくれたんだろ？」

尋ねられ、綾瀬が唇を迷わせる。

「それは…」

何度狩納に尋ねられようと、綾瀬は大和の名前を口に出すことはできなかった。

それは大和のためというより、綾瀬自身の胸に凝る醜い痛みや不安が招《まね》いた結果に過ぎない。結局綾瀬の苦痛が帰結《きけつ》する場所は、自分自身の力のなさや至らなさでしかなかった。

「北に、すっげえ殴られてよ」

微かに笑い、大和が声を落とす。

「ど、どうして……」

息を呑んだ綾瀬に、大和がもう一度笑った。

「コンセント抜いたことじゃなくて、俺が綾瀬サンに余計なこと言ったんだろって。でもあんたが色黙っててくれたお陰で、話がこじれなくてすんだ」

一息に吐き出した大和に、綾瀬が首を横に振る。

「違うんだ。俺は、ただ……」

「これから、会えねーかな」

綾瀬の言葉を遮り、大和が思い詰めた声音で尋ねた。

「これから…？」

「直接、謝りてぇんだ」

迷うように、大和の声が低く曇る。無造作にパソコンのコンセントを引き抜いたものと、同じ少年の声とは思えなかった。

胸の奥にじわりと、微かな痛みを伴うあたたかな熱が込み上げる。

「…ありがとう。気持ちだけで、十分だよ。俺は、外出はできないから…」

「北の了解《りょうかい》なら取ってある。だから、電話したんだ」

驚く綾瀬に、大和が真摯《しんし》な声音で告げる。

「本当は俺が会いに行けたらいいいんだけど、北とはやっぱまだ…顔を合わせ辛《づら》いから…」

素直な大和の言葉に、胸の奥に鈍い痛みが広がる。綾瀬自身、電話の主が狩納ではないかと考え、受話器を取るべきか躊躇した。どんな顔をして、狩納に会えばいいのか。その同じ戸惑いが、大和にもあるのだ。

「……」

「俺なんかと会うの、嫌かもしんねーけど……」

言葉を途切れさせて、大和が喘ぐように息を吸った。

「い、嫌じゃないよ。でも……」

「最初に会った映画館覚えてる？　あの裏通《うらどお》りに、ファーストフードの店があるだろ。角の店。そこで待ってる」

「ちょ…、ちょっと、待って……」

大和が言う店は、なんとなく解る。しかし本当に出かけてしまっていいものか、綾瀬は判断がつかず戸惑った。

「来てもらえねえかもしれないけど…俺、待ってるから」

「大和君…」

呼び止めようとした綾瀬の声を振り切るように、通話が切れる。

出かけるのなら、狩納に連絡を入れるべきだ。

頭の片隅で、冷静な声が囁く。しかし、綾瀬は沈黙した受話器をそっと下ろした。

仕事中の狩納に、電話を入れる勇気はない。大和の名前を出し、昨夜の一件を蒸し返すのも怖かった。本当に大和が狩納に承諾《しょうだく》を得てくれているのなら、問題はないのだ。

都合のよい自分の胸の声に、ぎくりとする。

灰《はい》色の街は、天候《てんこう》の悪さも手伝いすでに夜へと流れ落ちようとしていた。

長い息を吐き出し、外出の準備を整える。指先が、携帯電話を探り出した。


不安定な空の色が、街全体を淀んだ鈍《にび》色に見せている。雨が降り出す気配はなかったが、夕方から一足飛《いっそくと》びに夜がきそうな天候だ。

薄手の上着を羽織《はお》り、綾瀬は繁華街《はんかがい》の喧騒《けんそう》から逃れるように道を急いだ。

数ヶ月新宿に暮していても、ほとんど外出をしない綾瀬は、街の地理に疎《うと》い。映画館の方向は解っていたが、幾度か道に迷ったお陰で、空は更に暗くなっていた。

大和は、待ちくたびれているだろうか。あるいは諦め、帰ってしまったかもしれない。

スーツを着たサラリーマン風の男から、ジーンズ姿の若い男女まで、どんな時間でも街は多くの人であふれている。この沢山の人間たちが、それぞれどんな目的で街を訪れているのか、見当もつかない。

足早に流れる人々のなかに立つ時、綾瀬はいつでも身の置き場のなさを覚えた。

この街に集う人々のなかで、自分は溶け込むことのできない異質《いしつ》さを抱えている。気後れと呼んでもいい。

自由に街を闊歩《かっぽ》する狩納の傍《かたわ》らにいてさえ、その疎外《そがい》感は綾瀬を蝕《むしば》んだ。

むしろこの街に溶け込む狩納の隣だからこそ、綾瀬は自らの居所のなさを強く意識していたのかもしれない。綾瀬にとって、狩納はこの街そのものだ。

狩納のような力強い男の傍らに、果たして自分の居場所など求めようがあるのだろうか。大和の指摘を受けるまでもなく、それは綾瀬が見つめなければならない問いだった。

一緒に暮らしたいと、狩納にせがむ年齢《ねんれい》でもないと大和は言うが、家族が共に暮すのに年齢など関係ない。少なくとも綾瀬が大和の立場ならば、間違いなく兄との生活を欲しがるだろう。

大和より年長である自分の弱さに睫を伏せ、綾瀬は上着のポケットに掌を差し込んだ。歩きながら携帯電話を取り出し、そこに新たな着信《ちゃくしん》の表示がないかを確かめる。

電話もメールも、新たな表示はなく、落胆《らくたん》の息がもれた。

大和が待つ店は、もうすぐだ。

車一台通るのがやっとという細い通りの両脇《りょうわき》を、ずらりと飲食店が埋めている。まだ営業が始まったばかりの時間のせいか、人影は疎らだった。

やはり、狩納に電話を入れようか。迷い、携帯に目を落とした瞬間、手のなかに着信を伝える振動が生まれた。

「狩……」

どきりとし、綾瀬は慌てて電話の表示を覗き込んだ。

液晶《えきしょう》板で点滅《てんめつ》する電話番号は、狩納の携帯電話でも、事務所のものでもない。覚えのない番号に躊躇したが、綾瀬は迷った末、通話ボタンを押した。

「……はい」

「綾瀬サン?」

押し殺した声が、焦りを帯《お》びて自分を呼ぶ。

「大和君? どうして君、俺の携帯の番号を知って……」

「そんなこと、どーでもいいんだよ! それより、今あんた、どこにいる」

「ご、ごめん。遅くなって…」

大和から連絡をもらって、すでに三十分近くが経っている。待ちくたびれていたであろう大和に、綾瀬は足を速めながら謝った。

「まだ同じ店で、待っててくれてるの?」

「いや、もういいんだ。今日会おうって話、なかったことにしてくれ」

一方的に告げられ、綾瀬がぎくりとして息を詰める。せっかく大和が都合してくれようとした時間を、自分が無駄にしてしまったのだ。

「待って、大和君。俺、本当にすぐ近くにいるんだ」

約束の店は、すでに目の前だ。駆け出そうとした綾瀬に、大和が大きな声を出した。

「いいから来るなって言ってるんだ！　今すぐ帰れ！　絶対に来……」

ぷつりと、音を立てて通話が途切れる。

「大和君？」

思わず大きく呼んだ名に、応える声はない。立ち止まり、綾瀬は沈黙する携帯電話を見下ろした。

矢継《やつ》ぎ早に投げられた大和の声は綾瀬の遅刻《ちこく》を咎めているというより、なにかに急き立てられる焦りを含んでいたのではないか。

そう考えた途端、ひりひりとした緊張が背筋を流れた。何度体験しても慣れることのない、悪い予感だ。

なにかが起ころうとしているのか。

胸の不安を打ち消すように、手のなかの携帯電話を見る。大和が言う通り、今はこの場を離れるべきかもしれない。

迷い、背を向けようとしていた通りの奥を、見覚えのある影が過ぎる。

はっとして目を凝らした綾瀬の視界に、派手な色をした車が飛び込む。車が停《と》まるのは、目的地だったはずのファーストフード店の前だ。

鮮《あざ》やかな青い車体の脇に、数人の若者が立っている。男たちに囲まれるように、少年の姿があった。

のだ。

に否定された。大和が左足を庇い、明らかに体を傾がせているのに、誰一人彼に腕を貸してはいない

大和を取り巻いているのは、彼の友人かもしれない。そんな楽観《らっかん》的な考えが胸に浮かんだが、すぐ

唇から悲鳴がもれる。考えるより先に、綾瀬はアスファルトを蹴っていた。

「大和君……！」

「大和君！」

喘ぐように張り上げた声に、車の周囲に固まっていた男たちが振り返る。五人ほどの少年だ。少年といっても、中学生ではなく明らかに高校生か、それ以上だろう。学生服を着ている者が二人、他はだらしなく私服を着崩している。突然叫びを上げた綾瀬に、大和が双眸を見開いた。

殴られたのだろうか。左足だけでなく、大和の口元には、赤い血の痕が走っていた。

「なんだ、お前っ」

飛び出してきた綾瀬に驚き、学生服の男が進み出る。その男の顔に、見覚えがあった。先日、映画館の洗面所で大和と口論《こうろん》をしていた、あの男だ。

「だ、大丈夫？　大和君、怪我《けが》を…」

「黙れ！　誰だお前！　さっさと失せろっ」

駆け寄ろうとした綾瀬に、大和の唇から激しい罵声《ばせい》が飛ぶ。

ぎくりとして動きを止めた綾瀬を、黒いシャツの男が顎で示した。

「誰だこいつ。大和のオトモダチか？」

「知るかっ。邪魔だお前、退《ど》いてろっ！」

叫んだ大和の肩を、男が摑む。咄嗟《とっさ》に、綾瀬は大和の腕を摑み、引き寄せた。

「大和君を放せ！　やめろっ」

小柄な綾瀬から迸《ほとばし》った声に、男たちが驚いたように動きを止める。騒ぎ立てた綾瀬に、通りを行く幾人かが振り返った。気配を察し、男たちに動揺が生まれる。

「行こう、大和君」

ふるえそうになる声を、綾瀬は懸命に堪えた。一瞬、大和が双眸を迷わせる。その真横で、停車《ていしゃ》していた車の窓硝子が下りた。

途端に車内から煩いほどの音楽が流れ出す。

「面倒だから、乗せちゃえよ」

音楽と共に、疎らに髭《ひげ》を生やした男が顔を突き出した。なにか叫ぼうとした大和を、黒いシャツの男が背後から殴りつける。

「大和君！」

悲鳴を上げた綾瀬の腕を、湿った掌が摑んだ。

ぎょっとして振り返った視界に、身を乗り出した髭面の男の顔が迫る。

「あんたも一緒に、遊びに行こうぜ」

突き飛ばされた体が、堅い絨毯の上に落ちる。

土埃《つちぼこり》と煙草、微かにアルコールの匂いが染みた絨毯の上で、綾瀬は呻いた。

「ここの改装、週明けにしか始まらねーし店長も休みだから、ゆっくりしてってもらおうぜ。二、三日、飯抜きでほっとけば気も変わるだろ」

原色《げんしょく》で絵が描《えが》かれた硝子製の扉を開き、黒いシャツの男が笑う。

「大和だけじゃなくて、余計なのまで連れてきちまったけど大丈夫なのか？」

「いいんじゃねえの。ついでにそいつの身内にも示談金《じだんきん》を請求《せいきゅう》してやれって、武田《たけだ》さんが」

髭面の男が去っていった廊下に目をやり、黒いシャツの男が口元を歪めた。綾瀬に続き、乱暴に突き飛ばされた大和の体が音を立てて絨毯を転がる。

「大和君……」

細い声を上げた綾瀬を探し、腫れ上がった大和の瞼が引きつった。暗い部屋のなかでも、切れた大和の唇に滲む血や、頬に浮かぶ鬱血《うっけつ》が痛々しく目に飛び込む。ここまで連れてこられたエレベーターのなかでも、男たちに蹴られ、殴りつけられた大和には立ち上がる力もないのだ。

荒い息を吐く大和の元へ這い進み、狭い部屋に目を凝らす。

薄暗く四角い部屋には、窓一つない。つい最近まで、カラオケボックスとして営業していたのだろうか。絨毯に残るソファや機材《きざい》の窪《くぼ》み、廊下を挟んで口を開く部屋の暗がりに目をやり、綾瀬は大きく息を吸い込んだ。

車に乗せられていた時間は極めて短いものだったから、同じ新宿であることに間違いないだろう。派手な看板が並ぶ雑居《ざっきょ》ビルの一つへ連れ込まれ、エレベーターで七階近くまで上らされた。

「武田さんは、こいつの顔気に入っちゃっただけじゃねえの？」

制服の学生の言葉に、黒いシャツの男が笑いながら綾瀬の顎を摑んだ。

「……痛…っ…」

「やべえぞぉ。武田さんマジ変態だからな、お前みたいな奴、一発で壊されちまう」

舌なめずりせんばかりに囁かれ、ぞっと血の気が引く。

「ここなら、どんだけ声上げられても平気だしな」

「お前らの悲鳴も響かねえってことだ」

吐き捨てられた大和の声音に、黒いシャツの男がぎょっとして視線を上げた。薄暗い室内で影が動くように、立ち上がった大和の拳が宙《ちゅう》を切る。

避けることもできないまま、黒いシャツの男の脇腹を、堅い拳が抉った。

「ぐぇ……っ」

まともに受けた衝撃に、男が呻く。足元をふらつかせながらも、にやりと唇を歪ませた大和の体へ、制服の青年が飛びかかった。

「この野郎《やろう》！」

大和を取り囲んでいた三人の男たちが、一斉に少年を押さえつける。

悲鳴を上げた綾瀬の目の前で、幾つもの腕が大和の体を殴りつけた。

「大和君っ！」

取り縋ろうとした綾瀬の肩を、黒いシャツの男が引き剥がす。痛みに呻きながらも、男は床に押さえつけられた大和を見下ろし唇を吊り上げた。

「まだ動けるのか。ふざけたガキだ。じたばたせずさっさと親に電話入れて、金作ってもらえよ」

そうしたら、帰してやる。

男の嘲笑《ちょうしょう》に、床に額を押しつけられた大和がぎりぎりと奥歯を噛んだ。

「大和君、示談金って……」

「身代金ってことだ」

まさか大和が、何事かの事故に巻き込まれていたのか。危惧した綾瀬を遮り、大和が怒りを帯びた声を吐き捨てた。

「自分で親に示談金が必要だって連絡すりゃあ、大抵の親は黙って金を出すって腹だろ」

頑丈な歯を剥き出しにした大和に、綾瀬が声を失う。

大和は、まだ中学生の少年だ。大和を取り押さえる男の一人などは、学生服姿の高校生ではないか。

目の前の黒いシャツの男も、武田と呼ばれていた髭面の男も、せいぜい二十代前半の若者だろう。その彼らが、示談金などという狡猾《こうかつ》な名目で、子供の親から金をせしめようというのか。

「解ってんなら、早く親に電話入れちまえよ」

床に押さえつけられた大和へ、黒いシャツの男が携帯電話を差し出す。車のなかで大和から取り上げたものだ。

「誰がするかよ！」

強く否定した大和の肩口を、黒いシャツの男が蹴りつける。

「ぐ……っ……」

「大和君っ！」

「強情張るなよ。どうせお前ん家《ち》、金持ちなんだろ？」

荒い息を繰り返す大和を見下ろし、黒いシャツの男がにやにやと笑った。無抵抗《むていこう》な者を痛めつける喜びを隠すこともなく、男が荒れた唇を舐める。

「小倉《おぐら》にあんだけ貸せたんだ。お前が自由にできる金ももっとあるんじゃねえか」

眉を上げた男の問いにも、床で呻く大和は応えない。強情さを詰るように、早い呼吸を刻む背中を踏みつけようとした男の腕を、綾瀬は夢中で摑んだ。

「や、やめろっ！　貸したって、一体……」

「うるせえ！　離れてろっ。こいつはそこにいる小倉に金を貸してんだ。他にも何人かに貸してんだろ？　そんな金回りがいいなら、俺たちにも分けてもらわねえとな」

　男が視線で示したのは、映画館で見たあの学生だ。見開かれた綾瀬の視線を受け止め、学生服の男が卑屈な笑みを浮かべる。

「…返済能力のねえ奴に、これ以上金なんか渡してたまるか」

　吐き捨てた大和の背中を、黒いシャツの男が力任せに踏みつけた。げぇっ、と、潰れるような音を上げ呻いた大和に取り縋ろうとしたが、肩を摑んだ男の腕がそれを許さない。

「ガキのくせに頑張るねえ。帰りたくねえならいいぜ。しばらく頭冷やしとけ」

　顎をしゃくった黒いシャツの男の合図に、部屋に溜まっていた男たちがぞろぞろと廊下に出る。どこかの部屋で、武田たちが酒を飲んでいるのだろう。廊下の奥から派手な音楽と男の笑い声が聞こえた。

「…っ……」

「だ、大丈夫、大和君っ」

　扉が堅く閉ざされる音を聞きながら、綾瀬が転がるように大和へ駆け寄る。絨毯へ額をこすりつけながら起き上がった大和が、歯を食い締めて綾瀬の腕を振り払った。

「触るな…っ。なんでお前、あんな所に飛び出してきやがったんだ！　普通、逃げるもん……、っ…」

「動かない方がいいよ！」

　激しい怒声が、痛みのため半ばで途切れる。

苦痛に顔を歪めた大和を仰向《あおむ》けに寝かせながら、綾瀬はなにをしてやればよいのかも解らず狭い部屋を見回した。

大和が言う通り、あの場に飛び出したはいいが、自分はなにも役に立ててはいない。エレベーターのなかでも一方的に殴られる大和を前にして、なんなく捕らえられ易々と打ちのめされただけだ。

「ごめん、俺…」

他に口にする言葉を見つけられず、唇を引き結んで立ち上がる。

戸口に近づき、両手で扉を摑んで揺すってみたが、がたがたと音がするだけで開く気配はない。扉には鍵《かぎ》はついていないが、開かないよう通路側から細工《さいく》されているようだ。

なにもかも計算ずくで、あの男たちはここへ大和を連れ込んだのだろうか。

ぞっとして振り返った綾瀬を、壁伝いに上半身を起こした大和が見ていた。廊下から差し込む明かりが、大和の顔を汚す血と鬱血を、陰惨《いんさん》に映し出す。

「大和君…。金を貸してたって…。あの学生服の人、この前映画館にいた人だろ?」

迷いながらも、綾瀬は強張った声音で切り出した。

確か名前は小倉と言っていたか。綾瀬の問いに、大和が血の溜まった唾《つば》を絨毯に吐き出した。

「…小倉の野郎、俺に金が返せなくなって、武田と谷部《やべ》に泣きつきやがったんだ。元々武田に上納《じょうのう》する金が必要で、俺から金借りてやがったくせにバカな奴だ」

「谷部って……」

「黒いシャツ着てた男だ。あいつら、小倉からこれ以上金が吸い上げられねえって解って、俺に目ぇつけたんだろ」

込み上げる怒りに、大和が鼻先に皺《しわ》を寄せる。

映画館で見かけた大和と小倉との口論は、借金の返済を巡る争いだったということか。中学生の大和が、高校生の小倉に金を貸していた。驚くべきことに、学生同士の金銭の貸し借りが発端となり、こんな事態《じたい》に行き着いたと言うのだ。

「い、いくら貸してたの？」

恐る恐る、綾瀬が尋ねる。壁に背中を預けたまま、大和は痛むであろう膝を引き寄せた。

「六十万」

綾瀬を一瞥《いちべつ》し、大和が自分の怪我を確かめるよう、慎重に膝を曲げ伸ばしする。

「ろ、六十万円？」

無茶《むちゃ》をする大和を止めることも忘れ、綾瀬は裏返った叫びを上げた。

聞き間違えだろうか。咄嗟にそう考えたが、綾瀬は自分の幻想《げんそう》を即座に否定した。

六十万円。

六万円でも、六千円でもない。

否。もし六千円であっても、中学生には十分高額《こうがく》だ。

「…が、学生だろう、君たち。一体そんな大金、どうやって…」

その金が理由で、こんな騒ぎになっているのだ。きっと少額ではないと思ったが、それにしても六十万円は高額すぎる。

「拾った鞄に入ってたんだ」

「……鞄？」

動揺のない声で返され、綾瀬は耳を塞ぐこともできず問い返した。

「公園で拾ったんだ。鞄のなかに、六十万」

思い出したように、大和がちいさく笑う。その横顔が誰かの笑みに重なり、綾瀬は言葉を失った。

拾った鞄に、六十万円。それは、拾得物《しゅうとく》であり大和自身の金ではない。

「……拾ったお金を、友達に貸したの…か？」

「おう」

悪びれた様子もなく、大和が頷く。むしろ取り乱す綾瀬に比べ、大和は落ち着き罪悪感《ざいあくかん》を感じている様子さえなかった。

「そんな…。拾ったら、届けなきゃ。そんな大金、落とした人はきっと困って……」

「あれ、絶対わけありの金だ。捨ててあった感じだったしな。それに鞄は、ちゃんと処分《しょぶん》した」

確信を持って応え、大和がもう片方の足を慎重に引き寄せる。喉元まで心臓が迫り上がってきそうな驚きに、綾瀬は正面から大和を見下ろした。

「し、処分ってどういうこと？　それにそんなわけありなお金なら、尚更……」

「説教《せっきょう》すんなっ」

「だって、そんなお金…。猫糞《ねこばば》は犯罪《はんざい》だよ！」

大和の剣幕に怯みそうになりながらも、綾瀬は懸命に声を上げた。

どういう神経《しんけい》をしていたら、六十万円もの現金を着服《ちゃくふく》できるのか、綾瀬には理解できない。

出来心というには、金額が大きすぎる。その上その金を友人に貸すなど、子供の行動というにはあまりにも悪質だ。

「そ、それに、友達同士でお金の貸し借りなんて、絶対駄目だ！　どんなちいさな金額だって、お金は貸さない！　そうでなきゃ…」

「友達じゃねえよ！」

煩わしげに叫んだ大和が、乱暴に綾瀬の手首を掴む。突然のことに、綾瀬は踏み止まることができず床の上に膝を突いた。

「…っ……」

「大体お前、北の愛人なんだろ？　だったらこんなちいせえことで、がたがた言うな！」

「だ、黙ってなんかいられないよ…っ」

間近から覗き込まれ、綾瀬が上擦る声を張り上げる。

身を捻り、立ち上がろうとする綾瀬の肩を、大和の掌が包み取った。振り払おうとして、その掌の強さにぎょっとする。

「北はあんたに知られたくねーみたいだけど、あいつなんかガキの頃、やくざから巻《ま》き上げた金で、商売してたんだぜ？　相手のやくざってのがバカで、兄貴《あにき》分に黙って女で商売してさ、狩納はその上前《うわまえ》を根刮《ねこそ》ぎ撥《は》ねたんだ」

声が熱を帯びると共に、大和の指先が薄い綾瀬の肩に食い込んだ。

痛みに歪められた綾瀬の瞳を注視《ちゅうし》し、大和が誇《ほこ》らしげに笑みを溜めた。しかしその視線は、綾瀬を見てはいない。

遠い憧れを追う少年の目で、大和は熱っぽい息を吐いた。

「…北はガキの頃からすごかったって、みんな言う。…それに比べれば、俺が六十万貸したくらい…」

それくらい、なんだと言うのだ。

続くはずの言葉が、不意に途切れる。ふと何事かに気づいたように、暗く光る大和の双眸が綾瀬を見た。

「お前、狩納に連絡しようなんて言い出すなよ」

投げられた言葉に、綾瀬がびくりと背筋をふるわせる。

大和の親ではなく狩納であったら、綾瀬たちが置かれた現状を察し助け出してくれるかもしれない。大和に指摘されるまでもなく、その可能性は綾瀬も思い描いていた。しかし為す術もなく捕らえられた自分が、男に迷惑をかけると解っていて選べる手段《しゅだん》ではない。

「か、狩納さんに心配はかけられないけど、でも君にこれ以上怪我をさせることになるなら…」

喘ぐように言葉を絞った綾瀬に、大和が眦を吊り上げる。

狩納に頼ろうなど、拘束《こうそく》されているのが綾瀬一人だったとしたら、絶対に選ぶことのできない選択《せんたく》肢《し》だ。しかし傷を負った大和を前にする今、そんなことを考えていていいのだろうか。

自分が一緒にいながらこんなことになった責《せき》は、綾瀬が負えばいい。自分の無力さに失望されることを恐れるよりも、大和をこれ以上傷つけることなく、ここから逃れる手立てを考えるべきではないか。

「絶対に駄目だ！」

言葉を続けようとした綾瀬を遮り、大和が大きな声を上げた。

「気持ちは解るけど、でも……」

「俺は自分のケツも自分で拭けない男だって、北には絶対思われたくない…っ」

握り締められた大和の拳が、細かくふるえる。

燃《も》えるような憎悪《ぞうお》を湛え、絨毯を凝視する大和の双眸に、綾瀬は息を呑んだ。

大和の目を染める怒りは、彼を閉《と》じこめた学生たちへのものでも、綾瀬に向けられたものでもない。

暗く冴えた輝きは、紛れもなく彼自身を責める自責《じせき》の炎《ほのお》だった。

「……そんな、狩納さんは…」

呻いた息が、言葉の続きを失う。

狩納に、失望《しつぼう》されたくない。

役立たずな荷物には、なりたくないと。

それはこの瞬間にも、綾瀬の胸を脅かす悲鳴だ。

その同じ痛みが、大和の胸に刻まれているというのだろうか。

「黙れ！　素人《しろうと》に貸した六十万くらい、きちんと回収《かいしゅう》してやる！　俺はお前とは違うんだっ」

叫んだ大和に、腕を伸ばす。

ぎくりとした大和に払いのけられても、綾瀬は尚も腕を伸ばした。

「触るなっ！　お前みたいな役立たずは、気が楽かもしれねえが、俺は……」

叫んだ大和の体が大きくふるえる。構わず、綾瀬は大和の肩に細い腕を回した。

「……本当に、その通りだね…」

静かにもらされた綾瀬の声音に、大和の肩が跳ねる。

自分の罵声に、綾瀬がおとなしく同調するなど考えていなかったのだろう。身をもがこうとした大和の背中を、綾瀬は懸命に引き寄せた。

「俺、なんにもできないし、あの人の家族でもないから…、俺なんかが、あの人の側で暮らすのも、働くのも、図々しいことだと、思う……」

吐き出す言葉に、喉の奥が凍えるように痛む。

大和は決して、拾得した六十万円を増やしたくて、小倉に金を貸したわけではない。

近づきたかったのだ。

狩納という男に。

男が歩んだ軌跡《きせき》を辿り、より男に相応《ふさわ》しい、認められる存在になりたかったのだ。

役立たずの綾瀬が、狩納の傍らには不釣《ふつ》り合いだと、そう詰った大和の声が耳の奥に蘇る。その言葉は同じだけ、大和の心を傷つけてきたのかもしれない。

強張った大和の体を掌に感じながら、綾瀬は長い睫を伏せた。

「ごめん……」

こんな言葉で、償《つぐな》えるものでないことは解っている。綾瀬が自分の無力さを呪《のろ》ったように、大和もまた自分の無力さと戦っていた。

しかし身に受ける苦痛は同じものでも、二人の立場はあまりにも違いすぎる。

肉親でありながら、狩納と生活を共にできない大和。肉親でもなく、無力でありながら、狩納の気紛れで手元に残された綾瀬。

大和が自分に向けるものは、あまりにも純粋《じゅんすい》な怒りだ。

「君は狩納さんが、大切なだけなんだよね…」

今この瞬間、大和が狩納からの救いの腕を欲《ほっ》していないはずはない。むしろ大声でその望みを泣き叫んでもいいはずだ。

しかし狩納への愛情が、その希求《ききゅう》を妨げる。

自分よりはるかに長く、大和は一人でその苦痛に耐えてきたのだろう。

自分が狩納の存在に安堵した夜も、アルバイトを許され夢中になっていた瞬間も、大和は一人だったのだ。

「お前……」

低い大和の呟きに、ばたん、と遠くで響いた物音が重なる。

乱暴に、扉が開く音だ。

ぎくりと、二人が扉を振り返る。身構えようとした綾瀬より一瞬早く、大和が弾かれたように立ち上がった。

大きな声でなにかをわめき、笑いながら、男たちの足音が近づいてくる。

「どうだ大和。まだ頑張る気か？」

扉の前に立ち、男たちがアルコールで緩んだ声を上げた。黒いシャツの谷部と小倉、そして髭を生やした武田が、ビールらしい缶《かん》を手に扉を開く。

「何度も同じこと言わせるな。俺の親から金出させるのは無理だ。それより小倉を俺に差し出せば、今回のことはなかったことにしてやるぜ？」

大和の言葉に、酒気を帯びた男たちが大声を上げて笑った。

「お前は小倉から借金取り立ててぇだけってことか」

強情な男だと、笑い続ける谷部が武田を振り返る。

「小倉のことは、示談金が手に入ったら考えてやるよ。それより今は……」

振り向いた谷部の腕が、壁際に立っていた綾瀬の襟首を摑み、乱暴に引き寄せた。

「……っ…！」

やめろ、と声を上げる間もなく布が軋《きし》み、擦れる痛みが火花のように皮膚を走る。力任せにシャツを引き毟《むし》られ、勢いよく釦が飛んだ。

「な………っ…」

「武田さんが、こいつに用があるみてぇだ」

剥き出しにされた肩口に酒臭《さけくさ》い息が触れ、途端にぞっと鳥肌《とりはだ》が立った。

「待て、武田っ。そいつは関係ねえだろ！」

「小倉、ちゃんと大和を押えてろ」

谷部に顎をしゃくられ、小倉が驚いたように目を見開く。

「なんで俺が…」

「口答えすんな、ぼけ。怪我したガキくらい、てめえでどうにかしろ」

叫んだ谷部が、逃れようとする綾瀬を背後から羽交《はが》い締めにした。見開いた視界に、缶ビールを呷《あお》った武田の顔がゆっくりと近づいてくる。

「恨むなら、電話しねえ大和を恨めよ」

「…や……っ…」

湿った笑い声と共に力任せに膝を蹴り払われ、痩せた体が床へ落ちた。

「やめろって言ってるだろ！　武田！」

「動くんじゃねえっ。大和！」

谷部に摑みかかった大和を、小倉が怪我をした足を狙い、背後から蹴りつける。呻いた大和に馬乗りになり、小倉がふるえる手でなにかを取り出した。

ちいさなプラスチック製のライターだ。

膝立ちになろうとした大和の左目に、小倉がライターを突きつける。

「この野郎、小倉！　放しやがれっ」

「や、やめて、大和君っ」

叫んだ綾瀬に、谷部が満足そうな笑い声をもらす。

「そーだ。二人ともおとなしくしてろっての」

伸しかかる武田の掌が、押さえつけた綾瀬のシャツの下へともぐり込んだ。

「……さ、触るな…っ」

両腕の手首を拘束した谷部が、性急な動きで綾瀬の乳首へ指を伸ばす。皮膚とは違うなめらかな場所を、抓《つね》るように捻《ひね》られ、痛みに声がもれた。

「暴れたら、大和の目ん玉が焼けちまうぜ？」

「……っ」

血に汚れた大和の顔が視界に飛び込み、綾瀬が息を呑む。男たちは本当に、大和の目を焼くかもしれない。そうでなくてもこれ以上殴られたなら、大和が死んでしまう。

恐怖に、凍えたように声が途切れた。抵抗を封《ふう》じられた体を掌が這い、乳首が赤く腫れるほど捏ねられ痛みが走る。

「武田！　そいつは関係ねえっつってんだろ、この変態野郎！　そんなことしても、俺は絶対電話なんか……」

「こいつもかわいそうだな。大和みてえな、強情な友達持ったばっかりに」

叫ぶ大和を笑い、武田が綾瀬のベルトに指をかけた。荒い息を吐く男たちの目には、理性の輝きなど微塵もない。

「…や…っ…」

汗に湿った武田の掌に、やわらかな腿を撫でられ、ぞっと総毛立《そうけだ》つような悪寒《おかん》が走る。

気持ちが悪い。

口臭《こうしゅう》と酒臭さとが、粘つくように皮膚へ絡む。羞恥よりも嫌悪感に、綾瀬は腕を振り払おうと身をもがかせた。

「ビデオでも回せばよかったな。こいつの顔なら、高価《たか》く売れるぜ」

笑いながら、武田が自らのジーンズの釦を外す。広げられたジーンズの間から、すでに下着を押し上げる性器の影が覗いた。

「やめろ…っ！　触るなぁ…っ」

堪えきれず叫んだ体を俯《うつぶ》せに返され、下着を奪《うば》われる。湿った指で尻を探られ、迸る悲鳴に喉が裂けるかと思った。

「一番目は俺な」

「う……」

当たり前のように口にされた言葉と共に、尻の肉を押し揉むように撫で回され、吐き気が込み上げる。痩せた綾瀬の肉体は、女性のような脂肪《しぼう》や柔軟《じゅうなん》さとは無縁だ。それにも拘わらず、武田は先を焦るように閉じ合わされた綾瀬の尻の肉を押し開いた。

「痛っ……」

皮膚を裂かれる痛みと共に、堅い指が尻の狭間へとねじ込まれる。呼吸を圧迫され下肢を暴かれる自分の姿を、大和の目にも晒《さら》しているのだ。その屈辱《くつじょく》と痛みに、目の前が赤く濁った。

「…や…っ……!」

敏感な粘膜を、汗ばむ指が無遠慮《ぶえんりょ》に探る。

昨夜狩納の腕がこの体に触れてから、まだ丸一日も経ってはいない。苛立ちを込めて自分を見た男の双眸を思い出した途端、嫌悪のなかに破裂《はれつ》しそうな冷たい悲しみが込み上げた。

男でありながら、これほどまで無力な自分を、狩納は疲弊《ひへい》した眼で見下ろすだろう。もう本気で叱《しか》りつける気力さえ、男は持たないかもしれない。

決して口にすることを許されない男の名が、弱い心を叩く。

「見ろよ。こいつの穴、きれいな色してるぜ」

興奮した武田の声に、ライターを握る小倉までが喉を鳴らし、身を乗り出した。

「……っ…、放……」

「後でお前らにも貸してやる。俺がたっぷり、突っ込んでからな」

自らの唾液でぬらした指を、武田がゆっくりと綾瀬の肉の間へと埋めてくる。少しでも指から遠のこうと背を逸らす綾瀬の抵抗を見下ろし、ぬるりとした指が尻の肉を左右に開いた。

「ぃ…っ…」

「この顔とこの体だ。初めてじゃねーんだろ?」

ぬれた指が繊細な粘膜へ触れ、込み上げる嫌悪感にただ強く奥歯を食い締める。酒臭い息を吐く男の指が、慎ましく閉じた肉を乱暴に突いた。

「……っ…」

自ら綻びることのない場所が、きゅっと怯む。それさえも男を興奮させるのか、繰り返される息は浅く荒い。

力を入れて、もう一度抉られる。その衝撃を想像し、息を詰めた綾瀬の頭上で、鈍い悲鳴が響いた。

「…な!　お前……」

痣《あざ》が浮くほど強く綾瀬を押さえつけていた谷部の力が、不意に緩む。ふっと肺の奥に酸素《さんそ》が流れ、綾瀬は伸しかかる男の体を突き飛ばした。

「げえっ……！」

潰れた悲鳴に、綾瀬が夢中で体をもがかせる。見開いた視界に、薄暗い室内で拳を振り上げる大和の姿が映った。

「大和君！」

二度、鈍い音を立てて大和の拳が谷部の顔面を、そして脇腹を殴る。もつれるように床に落ちた二人の足元に、顎を押さえてもがく小倉と武田の体があった。

組み敷かれた綾瀬の肢体《したい》に注意を奪われ、力が緩んだその隙に大和の拳が容赦なく武田の顎を見舞《みま》ったのだ。

「立て！」

立ち上がろうとする武田に、更に拳を見舞い、大和が怒鳴る。乱れたシャツを摑んで引き寄せられ、綾瀬ははっと我に返って立ち上がった。

扉は、開いている。

足を引きずる大和に続き、綾瀬も足にもつれるジーンズを引き上げ廊下へ出た。

「あ、ありがとう……」

「階段を探すぞ」

礼を口にしようとした綾瀬を制《せい》し、大和が壁で体を支えながら廊下を急ぐ。運《うん》よくこの階に停止していない限り、エレベーターを待つ時間などない。

「あっちだ」

通路の奥に、非常口《ひじょうぐち》の場所を示す緑色の光が見える。

「待て！　この野郎…っ」

走り出した背後で、獣《けもの》の咆哮《ほうこう》じみた怒声が上がった。鼻と口を押さえた谷部が、怒鳴り声を上げ部屋を飛び出す。汚れた指の間から、ぼたぼたと真っ赤な血が滴《したた》った。

「大丈夫？　大和君っ」

足を引きずる大和に肩を貸し、壁に手をついて廊下を急ぐ。緑色の誘導灯《ゆうどうとう》の下で、従業員専用と書かれたアルミ製の扉が口を開いていた。

「ぶっ殺してやる…！」

叫ぶ谷部を振り返っている余裕もない。上がる息を噛み、転がり込んだ部屋の扉を、大和が叩きつけるように閉じ鍵を下ろした。

「階段はどこだ？」

コンクリートが剥き出しになった部屋は、かつては厨房《ちゅうぼう》だったのだろう。機材が取り払われた長細い部屋に、空になった作りつけの棚《たな》だけが不気味《ぶきみ》に並んでいる。

「大和君、こっちだ！」

声を上げ、綾瀬は厨房の奥にある扉へ飛びついた。長いこと使われていなかったのか、厨房の油《あぶら》で汚れたドアノブを迷わず握る。

「大和君！」

開いた。

確信を込めて叫んだ声音の終わりが、断ち切られたように詰まる。

がたんと、堅い感触がドアノブ越しに掌を叩いた。踊《おど》り場《ば》に灯《とも》された蛍光灯の明かりが、細く綾瀬の顔を照《て》らす。

それ以上、扉が開かない。拳一つが辛うじて入る隙間を残し、扉は動きを止めたのだ。

「どうしたっ」

「なにかが扉を塞いで……」

どっと、背中に冷たい汗が吹き出す。

足を引きずりながら近づいた大和が、隙間から踊り場を覗き込み、息を呑んだ。蛍光灯の明かりに照らし出される階段は、雑多《ざった》な段《だん》ボールや紙の束に埋められていた。

「くそっ！　消防条例《しょうぼうじょうれい》を守れって、テレビでもやってんだろっ」

怒鳴りながら、大和が闇雲《やみくも》に扉へ体をぶつける。しかしすぐ外側に置かれた段ボールが、扉の動きを頑なに阻んだ。

「開けろっ。大和っ！」

廊下から響いた怒声に、綾瀬の体がぎくんと跳ねる。

谷部だ。狂《くる》ったような声を上げ、拳が力任せに扉を叩いた。他の部屋に溜まり、酒を飲んでいるだろう男たちまで集まってきたら、こんな扉が持ちこたえられるわけがない。

「窓から出るぞ」

懸命に扉を押し開こうとしていた綾瀬に、大和の掌が換気扇《かんきせん》の脇につけられた小窓を示した。どうにか綾瀬たちが這い出られそうな大きさはある。しかし位置が高すぎて、踏み台がなければ窓枠《わく》は疎《おろ》か、鍵にまで手がかかりそうにない。

「俺の肩に乗れ。お前くらいなら支えられる」

なにか、踏み台がないか。厨房を見回した綾瀬を、大和が即座に促した。確かに大和に乗れば、身軽な綾瀬ならば窓から逃げられるかもしれない。しかし残った大和はどうなる。

綾瀬が一人で扉の外の段ボールを退けるのも、大和が新しい踏み台を探し出すのも、どちらも二人に残された時間では不可能と思えた。

「だ、駄目だ。俺じゃ君を引き上げられない」

「構うな。一人で逃げろ」

きっぱりと応えた大和が、カーゴパンツのポケットからちいさなプラスチックを取り出す。先ほど小倉が大和の目元に突きつけた、あのライターだ。

「そ、そんなものでどうする気なんだ！　君を置いて、一人で逃げられるわけないじゃないかっ」

迷うことなく声を上げた綾瀬に、大和が眉間を歪めた。

背後では罵声を上げる男たちが、今にも雪崩込《なだれ》みそうな勢いで扉を蹴り続けている。一秒でも早くこの場を逃げなければならないことは、綾瀬にも解っていた。

「それじゃあ、一人で逃げたくなるようなことを教えてやる」

決然《けつぜん》と見返す綾瀬の瞳を、薄暗闇のなかでよく光る双眸が凝視する。

「俺は北の弟じゃねえ。解ったら早く行け！」

武田たちの怒鳴り声を掻き消し、悲壮《ひそう》な怒声が綾瀬を打った。

逸らすことなく綾瀬を見た大和の双眸が、喘ぐような呼吸に揺れる。

弟ではないと。

北の弟ではないと叫んだ大和の声が、立ち尽くす綾瀬の体の内側で煩いほど反響した。

「……っ……」

「異母兄弟なんて嘘だ。これでお前が俺を助ける理由はなくなったんだろ。さっさとしろっ」

懸命な声を上げる大和の表情の全てが、網膜に焼きつく。だが声を上げることも、目を逸らすこともできなかった。

自分の鼓動が、喉元で煩く響く。

自分を見る大和の双眸が、よく知る男のものと重なりかけて、霧散《むさん》した。二人は確かによく似ている。それはこの瞬間でさえ、綾瀬の心を不安にさせるほどだ。それでも兄弟などではないのだと、大和は言うのか。

凍えたように双眸を瞠《みは》るしかできない綾瀬に、大和の口元がくしゃりと歪む。

痛みと苦さに崩れた双眸を伏せて隠し、大和が唇のなかで罵りの声を上げた。

「くそ…っ。早くしろっ」

摑んでいた綾瀬の肩から、もぎ取るように大和が指を引き剥がす。顔を伏せたまま唇を引き結び、大和は壁伝いに体を低くした。

早く自分を踏み台に、外に出ろと言うのだ。

「駄目だ！」

自分でも驚くほどの声が、唇からこぼれた。

考えるより先に、腕が大和の肩へ伸びる。ぎくりとして立ち上がろうとした大和を、綾瀬は懸命な力で摑んだ。

「絶対、二人で一緒に行こう」

自分自身へ言い聞かせるように、精一杯《せいいっぱい》の声を絞る。

決して、一人ではここを出ない。叫ぶように訴えた綾瀬の声音に、大和が瞳を歪める。

「だって、俺は……」

狩納の弟ではないと、そう繰り返そうとした大和に、綾瀬は激しく首を横に振った。

「君が狩納さんの家族かどうかは、関係ない」

はっきりと告げた自らの声に、不意に左の胸が鈍く痛む。

耐え難い痛みではなかった。映画館で大和と出会って以来、胸を蝕んでいた氷塊とも違う。むしろ痛む場所はほのかなぬくもりを帯びて、綾瀬の呼吸を少しだけ楽にしてくれた。

脆くも涙が込み上げそうになり、ちいさく喘ぐ。

長く自分の肺腑《はいふ》に巣《す》くっていた暗い感情がなにものであるか。同時にそれを溶かす、この血の通う痛みがなんであるのか、綾瀬にも理解ができた。

「な…、なんでそんなこと言えるんだよっ」

捕らえられた腕から逃れようと、大和が身をもがかせた。

「俺、嘘ついて…、散々《さんざん》ひどいこと、お前に言ったのに…!」

凍えそうな目が、痛みを浮かべて綾瀬を見る。その痛みの色だけで、十分だった。

自らを狩納の弟だと名乗った大和の気持ちが、綾瀬には痛いほど理解できる。

そうであればどんなにいいか。狩納を兄と呼ぶたび、現実と虚構《きょこう》との狭間で大和自身が一番傷ついていたはずだ。

その痛みに気づかず、より厚い虚構の壁を張り巡らさせてしまったのは、綾瀬自身かもしれない。

もし自分が大和の立場だったら。もし狩納の家族だと、罪《つみ》のない嘘を口にできる立場であったら、綾瀬自身もその誘惑に勝てただろうか。

羨《うらや》ましい。

映画館以来胸に貼りついていたものとは違う素直な羨望が、強張った肺の底から吐息と共に込み上げた。

無邪気な嘘が許されるほどに、大和と狩納との距離は近いのだ。初めて二人を見た時に感じた胸の痛みが、胸苦しく喉元を焼く。その痛みの意味を、綾瀬は初めて噛みしめた。

「それに、今日のことだって……！　お前を呼び出したのだって、本当は謝るつもりじゃなくて…」

「もういいんだよ」

暴れようとする大和の体を、伸ばした腕で抱き寄せる。自分より体温の高い体が、強張りふるえていた。

「俺たちは、同じなんだよ、きっと」

自分の言葉に、寂しげな笑みがもれる。同じだなどと言われたら、大和は心外だろう。

「二人で出よう」

噛みしめるように告げ、綾瀬が高い窓を見上げる。自分一人ならば、きっともうとっくに逃げ出すことなど諦《あきら》めていたに違いない。

二人で出ようと口にはしたが、大和一人だけでもここから出してやりたい。傷ついた大和の足で、自分を踏み台にして天井《てんじょう》近くにある窓から、外へ飛び降りることはできるだろうか。

「もし狩納さんにばれて怒られたら、一緒に謝ればいい。たとえ兄弟じゃなかったとしても、君は狩納さんにとって大切な人だ。狩納さんも、君の気持ちは解ってくれる」

俯き、泣き出してしまいそうに唇を引き結んだ大和の額を、綾瀬は自らの肩口へ引き寄せた。

たとえ肉親でなかったとしても、誰かの大切な人間になれる。

自分の唇からもれた言葉が、染みるような鮮明さで自らの胸を焼いた。初めて気づいたように、苦い笑みが、瞳の奥へ滲む。

自分以外の誰かのためになら、こんなにもやさしい視点が持てるのに。

それが自分自身の願望《がんぼう》であるのか、叶わない気休めなのかは、綾瀬にもよく解らなかった。

何故、同じ言葉を自分自身に向けられないのか。自分の弱さに唇を引き結び、綾瀬はゆっくりと息を吸い込んだ。

「動ける？　大和君」

アルミ製の扉を破《やぶ》られないよう、前にものを置こうにも厨房には作りつけの棚以外なにもない。やはり、窓から出るしかないのか。

薄暗い天井を見上げていた綾瀬の目が、不意に床へと落ちる。一度剥き出しのコンクリートの上に膝をついた綾瀬が、大和の腕を引いた。

「開けろって言ってんだろうがっ」

どかりと、体当たりを受けた扉が軋み、蝶番《ちょうつがい》の一つが音を立てて弾け飛んだ。時間がない。

「大和君、やっぱり肩に乗せてもらえるかな」

早口に伝えた言葉に、一瞬窓を目で追った大和が、覚悟を決め床に膝を折った。

「殺してやるっ」

獣の声で、谷部が怒鳴る。残る蝶番が上げる悲鳴を聞きながら、綾瀬は床に四つん這いになった大和の背中に足をかけた。

「……っ…」

痛む膝を伸ばし、大和が体を持ち上げる。天井が近くなり、綾瀬は懸命に腕を伸ばした。

「そこを動くんじゃねえぞ！　お前らっ」

金属《きんぞく》を引きちぎる音を立て、重い扉が弾け飛ぶ。息を詰めた綾瀬の真横で、蛍光灯が乾いた音を立てて灯った。

「あ……」

薄闇に慣れた目に、容赦のない光が注ぎ込む。怯みそうになった体を、綾瀬は天井についた腕で必死に支えた。

「なにやってんだ、お前！」

扉を破るために使ったのだろう。壊れた椅子を投げ捨て、谷部が叫んだ。血で顔を洗ったように、男の顔半分には乾いた血が無惨《むざん》にこびりついている。

その男の目が、大和の背中に乗る綾瀬を睨《にら》みつけた。

正確には、綾瀬の右手が握るちいさなライターを、か。

ふるえそうな体を懸命に支え、綾瀬はライターの摘みを回した。ガスが残り少ないのか、火花が散るだけで上手く火が点かない。

「火ィ点けて逃げるつもりか？　そんなライターでなにができるっ」

そう嘲笑《あざわら》った谷部の目の前で、ぼっとちいさな音を上げ、ライターに火が灯った。谷部が言う通り、弱いライターの火では、引火しそうな家具などない。

厨房に雪崩れ込んできた男たちが、愚《おろ》かなものを見る目で綾瀬を見た。

火が、ちいさすぎる。

そもそも火が点けば、ここは七階だ。非常口が使えない以上、綾瀬たちも無事には下りられないだろう。

それでも綾瀬は、ガスが続く限りライターの摘みを押し続けた。

「どうあっても死にてぇらしいな」

走り出た谷部が、綾瀬を支える大和の肩を蹴る。

「谷部！　早くそいつをやめさせろっ」

入口から、武田が天井を仰いで怒鳴った。入口に固まっていた学生たちを、血で顔を汚した武田が掻き分ける。

「早くしねえと……」

武田の声が、唐突に鳴《な》り響いた警報《けいほう》の音に断ち切られた。

割れるような大音響に、男たちが耳を押さえる。呻きを上げた大和の背中から力が失せ、綾瀬は床へと転がり落ちた。

「な、なんだ…？」

耳を押さえた谷部が、再びびくりと竦み上がる。無防備な背中へ、不意に勢いよく礫《つぶて》が降《ふ》り注《そそ》いだ。水だ。

厨房だけでなく廊下に立っていた男たちの間からも、悲鳴がもれた。

「ス、スプリンクラーかっ？」

驚く谷部を、走り出た武田が突き飛ばす。弱まることのない水の勢いに、綾瀬を見上げた大和の双眸がにやりと笑った。

「ちくしょう！　早く止めろっ」

誰かが怒鳴る。しかし男たちの誰一人、警報を止める術など知るわけがなかった。

「どうすんだ、おい！」

「やばいぞ。下の店はどうなってんだ」

混乱して顔を見合わせる男たちの頭上へ、スプリンクラーからの放水が雨のように降り続ける。火が出た場合、警報はビルの全てに鳴り響かなければ意味がない。

この階にはカラオケ店以外入っていなかったとしても、他の階には必ず営業している店があるはずだ。微かな希望であったが、それ以外に怪我を負った大和と自分とがここから出られる方法は思いつかなかった。

「殺してやる……」

茫然《ぼうぜん》とした目に怒りを溜め、武田が声をふるわせる。

「どうしてくれんだ、この店…。店長にばれたら、俺は……」

唾を飛ばし突進《とっしん》した武田の手には、先ほど扉を破った椅子が握られていた。

「火ィ点けたのは、お前らだ…。どうせなら全部燃やして、お前ら、炭《すみ》にしてやる…っ」

言いざま、男の腕が椅子を振り上げる。

「大和……」

床を這い、逃れた綾瀬の真横で堅い椅子が砕《くだ》けた。力任せに床へ叩きつけられた椅子の破片《はへん》が、勢いよく肩口を掠める。

「逃……」

痛む足を懸命に踏みしめ、大和が綾瀬を庇おうと身を起こす。頭からずぶぬれになった武田が、獣のような声を上げて突き進んだ。

頭目がけ、拳がふるわれる。

悲鳴が、上がった。

しかし覚悟を決めた痛みはない。間近に響いた悲鳴に、綾瀬はぎこちない動きで視線を上げた。

逃げるべきか戸口で躊躇していた小倉の体が、背中から勢いよく床へ落ちる。

なにが、起きたのか。見開いた視界で、スプリンクラーの放水を隔て大きな影が揺らいだ。身を起こした大和の双眸もまた、驚きに張り詰める。

「北……」

密着《みっちゃく》した大和の肩が、ぶるりとふるえた。

息が、詰まる。

腕のなかでもれた声を、綾瀬はすぐに信じることができなかった。

重い革靴《かわぐつ》が、起き上がろうとする小倉の体を蹴り飛ばす。明るい厨房の戸口を、突然暗い影が塞ぎ取った。そんな錯覚を抱かせるほど、大柄な男が戸口をくぐる。

「狩納…さん………」

凍えた唇が、信じられない気持ちでその名を口にした。

まさか。

否。絶対にあり得ない。

自分を見る男の双眸を目の当たりにしても、綾瀬はこれが現実のこととは容易に納得できなかった。

「だ、誰だお前っ」

振り上げた拳をそのままに、武田が飛び出しそうな眼球《がんきゅう》で狩納を見る。無言《むごん》のままのっそりと、男の体が厨房を進んだ。

「で、出ていけ！　火事なんかじゃねえ！　ここは…」

言い募ろうとした武田を、鋭利な眼光が一瞥する。それ以上の言葉はなかった。

固められた男の拳が、なんの躊躇もなく武田の鳩尾《みぞおち》へ沈む。

「げ…ぇ…っ」

押し出されたような悲鳴を上げ、武田の体が二つに折り曲がった。間近でそれを見ていた谷部が、ひぃっと声を上げて飛び退く。

「タケダってのは、どいつだ」

響きのよい声が、低く尋ねた。

その声音には、一片《いっぺん》のぬくもりもない。

天井から撒き散らされる水が、男のスーツにも染みを作っている。ぬれた前髪が男の額に貼りつき、鋭利な双眸をより陰惨なものに見せていた。

「そ、そ……」

そいつ、だと、谷部がふるえる指でたった今狩納が殴りつけた男を指さす。自分の足元で呻く男を、狩納は無造作に爪先で蹴り上げた。

「ぐ…」

声を上げ、武田の体が仰向けに転がる。もう一度、重い靴底で武田の顔を蹴りつけようとした男へ、綾瀬は床を這うように駆け寄った。

「やめて下さいっ!」

ぬれた男のスーツを、両手で摑む。男の双眸が、初めて見つけたもののように綾瀬を見た。

釦が飛んだ綾瀬のシャツに気づき、男の眼に雷《いかずち》のような光が走る。ぶるりと、力を蓄えてふるえた男の腕を、綾瀬は必死に摑んだ。

止まらないスプリンクラーの放水が、綾瀬の睫をぬらす。

懸命な力で男のスーツに縋っていてさえ、綾瀬にはやはりこれが現実だとは思えなかった。

「狩納さん！　狩納社長っ」

廊下の向こうから、息が上がった中年の男の声が狩納を呼ぶ。聞き覚えのある声だ。水が溜まり始めた廊下から、狩納の仕事仲間である不動産《ふどうさん》業者の男が顔を出した。以前、染矢の父親と共に狩納に引き合わされた、西岡《にしおか》という男だ。

「ああ…、やっぱりここでしたか…」

「こないだから、大和とお前がどうもおかしいと思ったら、このざまか…」

吐き捨てた狩納が、床の上の大和を一瞥する。立ち上がることもできないまま、大和は水が降り注ぐ床の上で男を見上げた。

「や、大和君のせいじゃ……」

「お前もだ綾瀬。メールを入れる余裕があるなら、ちゃんと俺に電話をしろ」

厳しい声を投げられ、綾瀬が唇を引き結ぶ。

「メール…？」

訝しむ声を上げた大和に、狩納がちいさな舌打ちをした。

「大和君に会いに行くって、場所をメールに…」

多分大和は、狩納に綾瀬との待ち合わせについても、了解は得ていなかったのだろう。しかし綾瀬は大和の言葉を信じ、狩納に携帯電話でメールを送っていた。

待ち合わせの場所と、このカラオケ店がどれほど離れているのか、地理に疎い綾瀬には解らない。しかし狩納は、少なくとも綾瀬の外出に関しては早い時点で把握《はあく》していたということだ。

「お前ら、逃げても無駄だぞ」

武田が倒れたことに浮き足立ち、逃げ出そうとしていた男たちへ西岡が怒鳴る。

「狩納社長の顔も知らないガキが。悪い相手に喧嘩《けんか》を売ったな」

手にしていた携帯電話を畳《たた》み、西岡が放水の続く天井を見上げた。ビルの外にも、まだ誰かを待機《たいき》させているのだろう。自分たちとは明らかに違う手際《てぎわ》のよさに、男たちが青ざめる。

「しかも、大和坊《ぼっ》ちゃんにまで怪我させちまうとは……」

「お、俺たちは、なにも……」

「今なら選べるぞ。そこの窓から飛ぶか、狩納社長に一生心を込めてお詫びしていくか」

人の悪い笑みを浮かべた西岡が、通りに面した窓を顎で示した。

「安心しろ。一生なんて気の長い話はしねえ」

西岡の声を遮り、狩納が男たちへ眼を向ける。決して大きな声ではないが、切りつけられるような冷気を纏った男の声に、床の上で呻く武田が絶望的な目で狩納を仰ぎ見た。

「西岡、こいつらの身柄《みがら》は、全員確保しておけ」

投げられた言葉に、西岡が心得《こころえ》たとばかりに頷く。放水にぬれ、緊張にふるえ続ける綾瀬の肩を、男が脱いだスーツの上着で覆った。

「すぐに殺してくれって言うまで、後悔《こうかい》させてやる」


薄く開かれた窓の外に、穏やかな夜の闇が広がる。

閑静《かんせい》な住宅《じゅうたく》街を進んだ車は、静かにその動きを止めた。

「…………ここ…ですか…？」

尋ねる声が、不自然に掠れる。絞り出すようにもれた綾瀬の問いに、応える声はなかった。

「嫌だ嫌だ嫌だ嫌だ！　絶対に嫌だっ」

周囲の静けさを打ち破る激しさで、後部座席から悲鳴が上がる。茫然と窓の外を眺める綾瀬をよそに、シートに転がった大和が子供のような声を上げ続けていた。

「嫌だ！　父ちゃんには絶対内緒《ないしょ》にするんだっ」

ばたばたと手足を振り回し叫ぶ大和に、ぎょっとして振り返る。

「……お父さんも、ご健在《けんざい》なの…？」

怖ず怖ずと尋ねた綾瀬に、大和が不機嫌な目を助手席に向けた。すっかりスプリンクラーの放水でぬれた大和の頭には、生々しい瘤《こぶ》ができている。

車に積み込まれる際、狩納に叱責と共に拳を見舞われたのだ。

「健在もなにも、鬱陶《うっとう》しいくらいぴんぴんしてやがるぜ」

大和に代わり、狩納が吐き捨てる。携帯電話を取り出した狩納を、飛び起きた大和が懸命に制した。

「やめろ！　北！　そういうことすると、本当に俺の部下にしてやんねーぞ！」

携帯電話を取り上げようとする大和の頭へ、振り向きざまに一撃《いちげき》、狩納が殴る。悲鳴を上げ、大和の体がシートに沈んだ。

「誰がお前の下で働くか。大体、俺とお前が兄弟だなんて、なに考えたらそんな嘘が思いつけるんだ」

カラオケ店からの道すがら、幾度となく狩納が繰り返した小言《こごと》に、大和が唇を尖らせる。

「……だって、こいつ、信じたんだもん」

ちらりと綾瀬を見た大和に、狩納が再び拳を振り上げた。容赦のない男の拳に、綾瀬が身を乗り出して腕を摑む。

肩から羽織らせてもらったスーツの裾が、懸命な綾瀬の動きに合わせ重たげに揺れた。

「や、やめて下さい、乱暴は…」

「お前は黙ってろっ。大和、お前はしっかり鷹嘴《たかのはし》の親父に絞ってもらえ」

鷹嘴という名前に、綾瀬が大粒の瞳を見開く。

「…鷹嘴って、…狩納さんのお父さん代わりだっていう、鷹嘴さん…？」

用心深く尋ねた綾瀬に、狩納がわずかに眉を寄せた。幾度か名前だけは耳にしているものの、綾瀬は一度として鷹嘴という人物に会ったことはない。

大和は狩納の父親代わりといわれるその人物の、息子だと言うのだろうか。

「ああ、こんなバカなガキで、親父も相当苦労してやがるだろうな」

顎をしゃくった狩納に、大和が眉を吊り上げて身を乗り出した。

「俺はガキじゃねえぞっ」

「だったら、自分のケツは自分で拭け。お前の親父も、急いで家に向かってるらしいしな」

吐き捨てられた狩納の言葉に、大和の悲鳴が重なる。

「嫌だっ！　ばれたら絶対、殺されるっ」

「でも、狩納さんのお父さん代わりが、大和君のお父さんってことは、やっぱり二人は兄弟みたいなものですよね…」

叫ぶ大和を無視し、窓の外へ眼を向けた狩納が、軽く手を挙げた。大きな門の向こうから、中年の女性が駆けてくる。それを追うように、二人の男が門を出てきた。

いずれも屈強《くっきょう》な体格をした男たちだ。しかし背の高い塀《へい》と、頑丈な門、なによりその向こうに広がる屋敷《やしき》の大きさが、男たちの体格以上に綾瀬の目を奪った。

都内でも屈指《くっし》の高級住宅街《がい》であるだけに、周囲にはここが東京かと疑《うたが》いたくなるほど贅沢《ぜいたく》な家々が立ち並んでいる。そのなかでも目の前の屋敷は、屋敷と呼ぶに相応しい広さと重厚《じゅうこう》さがあった。

鬱蒼《うっそう》とした緑の木々と、黒い瓦葺《かわらぶ》きの屋根を持つ屋敷は、洋風建築《けんちく》が多い周囲の建物とは一線を画している。夜で視界が利かないせいもあるが、綾瀬には長い塀がどこまで続いているのか、見当もつかなかった。

狩納のマンションに初めて足を踏み入れた時にも驚いたが、目の前の屋敷には質を異にした威圧感がある。

「仕方ねえだろう。そんだけのことをしちまったんだ」

にべもなく応え、狩納が後部座席の鍵を開いた。息を乱して駆け寄った女性が、飛びつくように扉を開く。

「大和ちゃん！」

淡《あわ》い色のカーディガンを羽織り、やわらかいスカートを履《は》いたうつくしい女性だ。髪留めからこぼれた髪が、青ざめた頬に落ちていた。

一目で、大和の母親であろうことが解る。

唇を引き結ぶ大和を、伸ばした両腕で女性はしっかりと抱きしめた。

「本当にご迷惑をおかけしました。大和ちゃん！　お礼を言いなさい」

照れているのか、動こうとしない大和を母親が車外へと引きずり出す。ぴしゃりとした母親の言葉に、大和は車内の二人から視線を逸らせた。

「いつもいつも、本当にごめんなさい。上がっていってちょうだい。もうすぐうちの人も戻ってくるから」

窓硝子を下ろした狩納へ、母親が何度も頭を下げる。大和は俯いたままだったが、母親の手はその間もしっかりと息子の手を握り締めていた。

「俺はこれで戻ります。親父さんにはよろしく伝えておいて下さい」

車を降りず軽く会釈《えしゃく》を返した狩納に、母親は繰り返し礼を伝えた。同行した男たちに促され、門をくぐった母親が、すぐには車を出さなかった狩納と綾瀬に、何度も頭を下げる。

「……きれいなお母さんですね…」

一度も振り返らなかった大和の背中を見送り、綾瀬はぽつりともらした。

息子の大事を知り、すぐに駆けつけてくれる父親と、心底心配してくれる母親がいる。たとえ狩納との間に本当に血が通った家族の輪がなかったとしても、大和には大和を包み込む、あたたかな家庭があるのだ。

それがなにより、綾瀬には嬉しい。

確かにあんな母親を心配させるのは辛いことだろう。

結果として今日の出来事は、大和の両親に全て知らされることとなった。大和も怪我を負い、ビルを一軒水浸《いっけんみずびた》しにしてしまったのだから致し方ないことだ。狩納が全てを両親に話すと決断した時も、綾瀬はそれに口を挟むことはできなかった。

助け船を出すことのできなかった綾瀬を、大和は車に乗り込んでから一度も見ようとしなかった。

綾瀬の沈黙はようやく築《きず》かれつつあった信頼《しんらい》を大きく損《そこ》なうものだっただろうか。

あるいは自分と大和との間に親近感が生まれたと感じていたのは、綾瀬一人だったのかもしれない。

溜め息をもらした綾瀬の視界で、黒い影が揺れる。

門灯《もんとう》の下へ、足を引きずる人影が飛び出した。大和が引き返してきたことに気づき、綾瀬が窓を下ろす。

「大和君！」

痛めた足は、大丈夫なのだろうか。すぐに車を降りようとした綾瀬には目を向けず、大和は狩納の前で大きく息を吸った。

「北。昨日事務所のパソコンのコンセント、抜いたのは俺だ」

はっきりと口にされた言葉に、綾瀬が息を呑む。綾瀬自身、この瞬間まで失念《しつねん》していたような出来事だ。それをわざわざ謝罪するために、大和は傷ついた足で戻ってきてくれたのか。

「い、いいんだよ、もう、そんなこと…」

慌てて首を横に振った綾瀬の目の前で、狩納が高く拳を振り上げた。

「ぁ……っ」

縋りついたが間に合わず、男の拳が鈍い音を立てて大和の頭を打つ。悲鳴を呑み、大和が顔を歪めて頭を抱えた。

「…素直に白状したことは褒《ほ》めてやる。けど金輪際《こんりんざい》、俺の事務所の機材にもこいつにも、勝手に触るんじゃねえぞ」

吐き捨てた狩納を、大和が痛みを堪え、涙目になった瞳で睨みつける。

「綾瀬！　やっぱりお前こんな暴力男の愛人は向いてねえ。さっさと辞めちまえ！」

一息に吐き捨て、大和は暗いアスファルトの上で踵《きびす》を返した。

聞き咎めた狩納が、怒鳴りを上げる間もない。車に背中を向けると、そのまま大和は振り返りもせず門の奥へと消えていった。

「……ぁ…」

愛人と、大和が口にした言葉は、狩納の耳にも届いたはずだ。

怖ず怖ずと、運転席に座る狩納を振り返る。

体をすっぽりと支える心地よいシートに、男は持て余しそうな長身を預け綾瀬を見ていた。ダッシュボードを探り、煙草を取り出す。

そこで初めて、綾瀬は男がスーツに入れていた煙草を無駄にしてしまった事実を知った。狩納の前髪は、いまだスプリンクラーの放水にぬれ、暗い色をしている。

「あ、あの……」

不意に、沈黙が堅く重いものに思え、綾瀬は息を喘がせた。

大和の声が失せただけで、夜がいっそう深いものに感じられる。大和を怒鳴りつける以外、狩納がほとんど口を開いていなかった事実にも、綾瀬は遅まきながら思い至った。

当然だ。

狩納は決して、愉快《ゆかい》な気分などではないだろう。

綾瀬がメールではなく、電話を入れていたら。それ以前に狩納に促された時に、大和との経緯を告白できていたら、大和が怪我を負うことも、狩納が煩わされることもなかったのだ。

「……ぁ…」

謝らなければ。

迫り上がる気持ちとは裏腹に、すぐには言葉を見つけられない。

ずっと胸に巣くっていた痛みの正体は、すでに解っている。あまりにも愚かなその痛みを告白すれば、狩納はどんな顔をするだろう。

飾る言葉も、ごまかす言葉も、綾瀬は知らない。だがありのままの謝罪を選ぼうにも、言葉はいつでも、不器用な綾瀬の指先をすり抜けた。

「俺……」

ごめんなさい、と。その一言を言葉にしようとした綾瀬を見下ろし、男が大きな嘆息を絞る。

ひくりと、綾瀬は声にするはずだった言葉を呑み込んだ。

夜の静けさが、一際《ひときわ》強く綾瀬の鼓膜《こまく》を圧迫する。今この場で車から降り、どこへなりとも消え失せろと、そう告げられても綾瀬には拒める理由はなにもなかった。

シートの上で、男が身動ぐ。

男の左腕が動く気配に、綾瀬は息を詰めた。

殴られるのだろうか。

覚悟を決めた右の額へ、冷たい感触が触れる。

「…ぁ……」

思わぬ感触の穏やかさに、押し殺した息がもれた。

真綿《まわた》で触れられるような、本当に微かな接触だ。

驚いて見開いた視界のなかで、男の双眸が苦く歪む。

「お前は俺の寿命《じゅみょう》を、どんだけ縮めれば気がすむんだ」

低い声で吐き捨てられ、綾瀬は初めて男を見る心地で瞳を瞬かせた。

「狩……」

「こんな怪我までしやがって……」

そうっと、太い男の指が綾瀬の髪の生え際を辿る。反射的に狩納が触れた場所へ自らの指を当て、綾瀬は初めて、自分が浅い傷を負っていることに気がついた。

コンクリートの床を転がった時に、ついたのだろうか。もしかしたら、カラオケボックスで谷部に押さえつけられた時に、怪我をしたのかもしれない。

暗いカラオケボックスでの瞬間を思い出し、今更ながらぶるりと体の芯がふるえた。

「…っ……」

鈍い吐き気が、悪寒となって込み上げる。張り詰めていたものが緩んだ瞬間、綾瀬は放水を浴び冷えた自らの肌を意識した。

「俺……」

「悪かった」

唇を開きかけた綾瀬を制し、狩納が低く唸る。

「俺が、もっと早く行ってやればよかった」

じわりと、鼻腔《びこう》の奥を冷たい痛みが突き上げた。

痛みに、言葉が掻き消えてゆく。力なく首を横に振り、綾瀬は唇を噛みしめた。

男が謝罪することなど、なに一つない。

あのメールに気づいてくれただけで十分だ。それどころか、助けに来てくれることなど、綾瀬はわずかほども期待していなかった。

期待など、してはいけないのだ。

それでもこの男は、すまなかったと、そう言ってくれるのか。

「…大和の野郎には、俺からも後できつく言っておく。…すまなかったな」

事の発端は、大和と学生との金銭の貸し借りだ。改めてそれを詫びた狩納に、綾瀬は大きく首を横に振った。

「大和君のことは、これ以上怒らないでいてあげて下さい。大和君、本当に責任を感じて俺のこと、庇い続けてくれたんです」

訴えた綾瀬に、狩納が眉をひそめる。苛立たしげに舌打ちをした男が、怒りを押し殺す動きで痛々しい綾瀬の傷へ触れた。

「そういう甘い顔をするから、あいつがいい気になるんだ。大体、お前一人が助けに行ったところで、怪我させられるのがオチじゃねえか」

投げつけられた言葉に、綾瀬が長い睫を伏せる。

「いいか、スプリンクラーなんてあの界隈《かいわい》じゃ本物取りつけてる店の方が少ねえんだぞ。たまたまあそこのは動いたから助かったけどよ、もしあれがただの飾りだったら……」

厚い男の掌が、苛立ちを思い出したようにハンドルを叩く。

鈍く響いた音よりも、大きな男の体の動きに怯え、綾瀬は息を詰めた。狩納の言う通り、あのスプリンクラーが偽物《にせもの》だったらと思うと、血の気が引く。

もし運よく本物であっても、誤報《ごほう》であることが露見《ろけん》して、消防隊は勿論階下の人間の誰一人もカラオケ店に来ることもなく終わったかもしれない。あるいは誰かが駆けつけてくれるのを待たず、逆上した武田たちから暴行を受けていたかもしれなかった。

騒ぎに紛れ、避難する人に交じってビルの外に出られたのも、全ては狩納のお陰だ。

「……っ…」

俯いた綾瀬の頭を、大きな掌が捕らえた。綾瀬の頭など、一摑みにできてしまえそうな大きな掌だ。

はっとして瞬かせた瞳に、間近に迫った男の双眸が映る。

「……スプリンクラーを使うってのは、お前が考えたのか？」

男の問いに、綾瀬は薄い唇を嚙みしめ、視線だけで頷いた。

愚かな選択だったかもしれないが、あの時の綾瀬にはあれが精一杯の行動だった。もしあそこにいたのが自分ではなく、狩納だったら。あるいは染矢や久芳だったら。自分以外の人間なら誰もが、もっと危なげなくあの現場を切り抜けられただろう。

俯く綾瀬の肩を、大きな掌が叩いた。

「すげえな、お前」

笑うようなその仕種に、綾瀬がびくりとして視線を上げる。

仕方なさそうな笑い声が、男の声音を苦く染めた。

「よくやった…」

飾りのない言葉で引き寄せられ、なにかが胸の奥で弾ける。堪えていた冷たい痛みが喉を押し上げ、

「…どうして、狩納さんは、そんな……」

綾瀬はくしゃりと顔を歪めた。

そんなふうに、自分を甘やかすのか。

喘いだ喉の奥で、込み上げる痛みが苦く、そして甘く解けた。

「羨ましかった……」

堪えていた言葉が、涙の代わりに唇から落ちる。

「大和君が、俺……」

声にして改めて、綾瀬は何故自分が昨夜社長室で、男に胸の内を打ち明けられなかったかを噛み締めた。

羨ましいだけではない。胸を焦《こ》がす苦い炎には、嫉妬という醜い影がひそんでいる。

それをどんな言葉にすれば、狩納に伝えられるのか。

否。自分でも戸惑うこの感情を、知られてしまえば疎まれ、呆れられるのではないか。胸に積もる不慣れな不安の数々が、この体をより醜く重く縛った。

「大和君は、なんでもはっきり言えるし、しっかりしてるし…。なのに俺は……」

それだけではない。自分にはない、特別な繋がりを持つ大和を、心底羨ましいと思った。

何故憧憬の目を向け、そのあたたかな輝きに胸躍らせるだけではいられないのか。自分の胸に湧く貪欲な希求は、この瞬間も綾瀬を戸惑わせる。

一人で暮らしていた時には、想像もしていなかった胸の痛みだ。

こんな感情が、自分の内側に眠っていることさえ知らなかった。手に入らない幸福を思い、誰かを妬むなど、してはならないことだ。

どれだけ願い嫉《そね》んだとしても、自分は決してその人間にはなり得ない。もしなり得たとしても、同時に今の自分と同じ、なにも持ち得ない人間が消え失せるわけではないだろうに。

「兄貴がしねえようなこと、いつだってしてやってんだろ」

ぎりりと嚙みしめられた男の奥歯の軋みが、骨に染みる。力強い腕に引き寄せられ、綾瀬はもう言葉の先を探さなかった。


仰け反らせた頭が、ちいさな音を立てて扉に触れる。

「……ぁ…」

こぼれた息を嚙み取るように、すぐに重なってきた唇が綾瀬の唇を塞いだ。黒い扉とぬれた男の体との狭間で、同じようにぬれた痩身が軋む。

「待……」

息継ぎもできない深い口吻けの間に、頭の芯が重く痺れた。

放水によって冷えた体を、風呂《ふろ》であたためなければと言い出したのは、狩納だ。しかしマンションへ戻り、エレベーターに乗り込む頃には、溺《おぼ》れるほどの口吻けを与えられた。

誰かが、乗り込んでくるかもしれない。その不安は常に頭にあったが、砕かれそうなほど強い力で抱き竦められ、声がもれるほど繰り返し口吻けられると、抵抗の意志など蠟《ろう》のように溶けてしまった。

玄関《げんかん》をくぐり、羽織っていた上着をどこで引き剝がされたのかも覚えていない。辛うじて脱衣《だつい》所へ辿り着いたものの、風呂の準備をする前に、扉へと追い詰められた。

「……考えると、余計に頭にくるな…」

唾液を絡ませながら離れた唇が、低く唸る。戸惑う太腿を膝頭《ひざがしら》で割られながら、綾瀬は潤《うる》んだ瞳で男を見た。

怯えを映した綾瀬の瞳に、狩納が互いの唾液でぬれた唇を歪める。

「……大和なんかに、お前を会わせるんじゃなかった…」

明るすぎない間接照明を斜めに浴びて、男の眼光はいつもより強い輝きを映していた。

狩納の大切な人間に引き合わせてもらえたことは、嬉しかったと、伝えたい言葉が声にならない。

冷えた指で男のシャツを握ると、痛むほど体を捕らえられた。

「狩……」

「大和だけじゃねえ。誰にも、見せねえでおければ……」

それは、綾瀬に聞かせるための声ではなかったのだろう。唸った声音に、噛みつくように首筋を吸われ、視界が歪んだ。

「ぁ…」

狩納の腕に絡め取られたまま、壁伝いに体が崩れる。ぬれたシャツが肌に貼りつき、抱きしめられた狩納の肌との境界線《きょうかいせん》を曖昧にした。

「…ごめん…な…さい……」

ジーンズの釦を弾いた男の指に、堅く目を瞑る。

メール一つを残し、勝手に部屋を出たこと。醜い自分の心に負けて、男に素直な言葉を向けられなかったこと。

何度目かの謝罪を絞った綾瀬の眦を、あたたかな男の舌がべろりと舐めた。

「謝んな」

子供のような一途さで吐き捨てた男の息が、生々しい熱で皮膚を伝い降りる。同じように、詰まりながらも繰り返される自分の吐息は、熱くぬれているのだろうか。

「大和なんかに、嫉妬しやがって……」

ぎりりと、歯ぎしりを響かせた男の手が、綾瀬の下肢から水を含んで堅くなったジーンズをむしり取った。

自分を蝕んだ醜い感情を口にされ、ずくりと臆病な胸が痛む。長い睫を悲壮に伏せると、すぐにぬれた胸元へ唇を落とされた。

エレベーターで狩納にいじられ、口吻けられた乳首は恥ずかしいほどに凝っている。

「……っ、触らない…で……」

きゅっと、左の乳首を歯の先で引かれ、綾瀬は痩せた体を強張らせた。

「駄目だ」

低く退けた男が大きく口を開き、舌全体で腫れた乳首の感触を味わう。その間も指は水滴を滴らせる下腹を辿り、怖々と首を擡《もた》げる性器を包み込んだ。

「ん……」

迷うことなく、直接掌に捕らえられる感触に、息が詰まる。背中に貼りつくシャツの重さと、荒い呼吸から、自分が水中から引き上げられた鱗《うろこ》のある生き物になった心地がした。

「ふ、風呂に……」

「黙ってろ」

せめてもの懇願を絞った綾瀬の唇を塞ぎ、男が熱い息で命じる。

なまぬるい涙が絡む睫を瞬かせると、大きく開かれた自分の足が視界へ飛び込んだ。羞恥にぞくりと、鳥肌が立つ。それさえも、男の指に包まれる性器には、蜜を募らせる痺れとして伝わった。

「……ふ、…ぁ…」

追い上げる動きで先端を丸く撫でられ、とろりと新しい蜜があふれる。怯えたように腰を揺らすと、大切に指の輪に包まれて、剥くようにこすられた。

「あ…、駄目……」

「どうせ妬《や》くなら、もっと……」

舌打ちをした男の眼が、逞しい体を屈める。意図を察し、男の頭を押し返そうとしたが無駄だった。

「…ひ…、ぁ…、や……」

あたたかい息が性器に触れ、すぐに尖らせた舌が潤んだ先端へ絡みつく。たらたらと蜜をこぼし続ける口を探すよう舌を這わされると、突き出すように腰が浮いた。

「待ぁ…、そこ……」

放ってしまいそうな刺激に、甘えるような声が出る。

じっとしていられない。びくびくと体を竦ませる綾瀬の尻へと、冷たいぬめりを掬った男の指が押し当てられる。嫌がり、腰を振る余裕もなかった。

「う……」

硬直する綾瀬の腹へと、ゆっくりと太い指が進む。微かな痛みよりも、異物《いぶつ》感に冷たい汗が噴き出した。しかし数時間前、埃っぽい絨毯の上で男たちに触れられた時に感じたような、耐え難い悪寒とは違う。

今ここにいるのが狩納だと、その現実が肌へ刻まれるたびに安堵が生まれた。

「…ぁ、あ」

すぐに二本に増えた指が、舌に合わせ掻き出すように腹のなかを動く。

「や…、放し……て…」

強引だが、決して綾瀬を傷つけることのない指が、腹の奥の一点を探った。こりこりと、張り詰めた部分を押すように刺激され、自分でも驚くほど大きな声がもれる。

苦痛の声ではない。高く甘い響きに、自分が与えられているものが、間違いなく快感であることを教えられた。

「ん…、ぁ、出……」

なにも考えられず、解放を求めようとした綾瀬の性器を、いやらしい音を立てて、男が唇から引き出す。一瞬の喪失感に、壊れそうな視線を向けた綾瀬を、男が真っ直ぐに見下ろしていた。

「もしも、大和が本当に俺の弟だったとしても…」

不意に、鮮明な声音が注がれる。男が口にした仮定《かてい》に、床へ横たえられた体がぎくりと強張った。

「俺は、血が繋がってないお前の方が、何万倍も大切だ」

自分を見下ろす双眸が、飾り気のない苦さに歪む。

つきんと、冴えた痛みが鼻腔に込み上げた。痛みに促されるまま、子供のように顔が歪む。狩納の言葉が、真実かどうかは関係がない。

この瞬間にも体の底で湧き上がる叫びは、我が儘で醜いものだ。

嬉しいと。

大和の苦痛を顧《かえり》みることもできないまま、狩納の言葉に喜び、安堵する自分がいる。許されない傲《ごう》慢《まん》さに怯えながらも、ふるえる指は縋る動きで狩納へとしがみついた。

「…俺………」

本当に大和が狩納の弟だったとしても、自分は狩納が与えてくれた自分の居場所を、全て彼のために明け渡すことができただろうか。

無論狩納自身がそれを望むなら、自分は消え失せるしかない。しかし大和の幸福を願って、納得ずくで消えられるか、その自信はなかった。

誰かを、恨んでしまうかもしれない。

想像もしていなかった確信が、冷たく胸を刺す。一人で暮らしていた頃、自分を護《まも》ってくれていた上手い諦めなど、跡形もなかった。ちりちりと胸の端を焦がしていた醜悪《しゅうあく》な痛みに、きっと、自分は呑み込まれてしまう。

そんな自分の身勝手さを、狩納は詰ってもいいはずだ。

「俺…、きっと……」

喘ぎ、狩納の肩口へ額をすり寄せた体に、男が苦く双眸を歪める。ぎりぎりと音がしそうなほど奥歯を噛んだ男の腕に、背中を床へ落とされ、太腿に固い熱が触れた。

「悪ぃ。俺も我慢できねえわ」

余裕もなく吐き捨てた男が、あたたかな粘膜から指を引き抜く。剥ぐようにシャツを脱ぎ捨てた男の声は、言葉通り隠すことのない欲情にぬれていた。

「挿《い》れるぞ」

唸るように告げた男に、なにも考えられないまま腕を伸ばす。

「は………」

自分と同じ熱が、男の内側にもあるのだと。その事実はいつでも、綾瀬を安心させてくれる。自分を保てなくなる熱が、綾瀬一人を苛むものではないのだと思えることが嬉しかった。

「…あ…っ、ぁ……」

ぐっと、太い部分を含まされ、悲鳴が迸った。

熱く堅い肉は、同時に綾瀬の粘膜をやわらかく進む柔軟性をも持っている。

「や…め……」

何度経験しても、内臓《ないぞう》が迫り上がるような圧迫感に声がもれた。同時に、指でいじられた腹の奥が、より強い力で擦られ、埋め尽くされる期待に疼く。

「狭いな」

囁いた狩納の顎に、水滴に混ざった汗が流れた。

「や…、深…い……」

男が進む角度が怖いのか、敏感な部分へ迫る予感に怯えているのか。

夢中で否定しながらも、着実に男を呑み込む自分の体が信じられない。

見知らぬ男たちに触れられ、萎縮《いしゅく》し切っていた体が、狩納の腕のなかではこれほど容易に崩れ落ちてしまう。そんな自分を恥じればいいのか、許していいのか、綾瀬には解らなかった。

「大丈夫だ。力を抜け」

「……っ、…や…、この、まま………」

動かないで。

一杯に入口を広げられ、喉の奥近くまで男の肉で満たされているような感覚が苦しい。少しでも刺激されたら、張り詰めた性器ごと、自分の内側からなにかがあふれてしまいそうだ。

「ばか言え」

息だけで笑った男が、試《ため》す動きで腰を揺らした。途端に、床へ投げられていた綾瀬の爪先が、ぴんと張り詰める。

「…ぁあ…っ」

甘えるような声音と共に、どろりとした熱が下肢を包む。堪えようと、内腿に力を入れても無駄だった。

「ひ……」

限界まで詰め込まれた快楽が、一息に弾ける。堅く自分を抱き竦めた、苦い煙草と汗の匂いに、綾瀬は無防備な声を上げた。

「…ふ…、ぁ…」

長く深い射精《しゃせい》の感覚に、抱かれた体がびくびくと引きつる。なまあたたかくこぼれる涙を男の舌で拭われ、声を上げてしまいたくなった。

「ん……」

ほんのわずかな動きにも、繋がった腰が揺れる。涙をこぼす顔を正面から見下ろされ、甘い蜜にまみれた性器をそっと握られた。

「もし、あそこでお前と大和、どっちか一人しか助けられなかったとしたら…」

掠れた囁きが耳の奥へと触れ、痩せた体が強張る。

はっとして押し上げた睫から、乾くことのない涙の滴が散った。逸らすことなく自分を捕らえた男の眼に、痛みの影がある。

「俺は……」

「…や……、もう……」

尚も口を開こうとした男の頭を、綾瀬は懸命な力で引き寄せた。

言葉の先は、知らないままでいい。

無論、その言葉を欲して、自分が愚かな苦しみを募らせた事実は消せない。だが醜い心ごと、狩納が今この瞬間に、自分を傍らに置いてくれる現実に感謝《かんしゃ》したかった。

ぬれて堅い狩納の髪が、頬や肩口に当たる。

探るように背中を撫でた狩納の腕に、ゆっくりと力が籠《こ》もった。

全ての幸福が、その永続を約束されたものではないように、いつかは自分の愚かさが、狩納を遠ざけてしまうかもしれない。離別《りべつ》の苦しさに怯えるだけでなく、それを受け入れ難く誰かを呪う気持ちとも、自分は向かい合えるだろうか。

逃げ出さないと、決めたはずだ。

未来の痛みに怯える気持ちよりも、今自分を繋ぎ止めてくれる男の腕を、大切にしたいと。

「もう……、本当…に……」

繰り返した綾瀬の唇を、男の口が噛みつくように塞ぐ。

すぐに入り込んできた舌が、言葉ごとなにもかも吸い尽くすように絡んだ。男を呑み込んだ腹の底が、熱く痺れる。

焦れたように動いた肉に、堪えることも忘れた声があふれた。張り詰めた部分を、太い男の肉で引っかけるように抉られ、背中が反る。

「…ぁ…」

「雪弥……」

注ぎ込まれた呼びかけの親密さに、胸が痛んだ。曇る視界の向こうに、同じ痛みをよぎらせた男の双眸を見つけ、綾瀬は縋る力を強くした。

軽やかなチャイムの音が、長い廊下に反響する。

磨き上げられた乳白色《にゅうはくしょく》の廊下を、綾瀬は足早に急いだ。指先が無意識に、襟元を締めるネクタイへ伸びる。

スーツを着るなど、大学の入学式以来だ。しかし入学式で身につけたものより、狩納が用意してくれたこの薄灰色のスーツは見るからに品がよく、上等なものであることが解った。

「狩納さん、急いで下さいよ。授業《じゅぎょう》始まっちゃいますよっ」

ぱたぱたと、薄いスリッパが足の下で鳴る。渋面を作る狩納を何度も振り返り、綾瀬は建物の端にある渡《わた》り廊《ろう》下《か》を渡ろうとした。

中学校の校舎《こうしゃ》など、何年ぶりに訪れただろう。高校までの一貫《いっかん》教育だという広い敷地《しきち》には、幼稚舎《ようちしゃ》などもあるらしく、にぎやかな活気に満ちていた。

見取り図を確かめ、先を急ごうとした綾瀬の腕を、長い男の手が摑み取る。

「そっちじゃねえ。この上だ」

顎で示され、綾瀬は大粒の瞳を見開いた。

「でも、中学の校舎はこの先……」

言いかけた綾瀬の腕を引き、男が階段を上がる。綾瀬が通っていた中学に比べ、大和が通学している学校は外観《がいかん》も内装《ないそう》も、全てが新しく清潔だった。

こんなきれいな校舎で勉強をしているのかと思うと、羨ましくなる。同時に、そのような場所へ招かれたことに、嬉しいような気恥ずかしいような緊張が募った。

「やっぱ帰ろうぜ。どうでもいいじゃねえか」

階段の半ばで呻いた狩納に、綾瀬が険しい視線を振り向ける。

「絶対駄目ですよ！　参観日《さんかんび》に誰もこないなんて」

珍しく強く言《い》い募《つの》った綾瀬に、狩納が仕方なさそうな息を吐いた。

綾瀬が大和から参観日への出席《しゅっせき》を頼まれたのは、一昨日のことだ。両親が仕事で出席できないため、代わりに出席してほしいと言うのだ。

親類でもない自分が、そんな場に顔を出していいものだろうか。

戸惑った綾瀬に、大和は母親を通じ是非《ぜひ》来てほしいと懇願《こんがん》した。誰もいない参観日は、寂しいと。

その言葉を聞いて、綾瀬が大和の願いを断《ことわ》れるわけはない。

綾瀬にとっての参観日の思い出は、決してあたたかなものではなかった。病弱な母と、母の医療費《いりょうひ》を捻出《ねんしゅつ》するために働きづめだった父。来てほしいと、その一言が言えなくて、そっと参観日の通知だけを食卓《しょくたく》の上に置いた。

しかし結果はいつでも同じだ。ごめん、と、父や母が寂しげに目を伏せるのが見たくなくて、参観日の通知など捨ててしまおうと思ったことも何度かあった。

だが、綾瀬は通知を捨てることができなかった。

淡く愚かな期待ばかりが、胸に積もる。無駄だと解りながら、立ち並ぶ父母のなかに、自分の父や母の顔を探す寂しさを、大和には味わわせたくない。

勿論自分が出席したからといって、父母の姿を見つけた時のようには満足してもらえないことは知っている。それでも綾瀬は懇願を重ね、狩納が同行する条件で、今日の出席の許しをもらった。

「……でも、もし狩納さんがなかに入るのが嫌だったら…」

自分の物言いが強硬《きょうこう》なものであったことを恥じ、綾瀬が睫を伏せる。

聞くところによると、大和は四日前までは綾瀬ではなく、狩納に父親として参観日に出席してくれるようねだっていたという。確かに二人は似ており、狩納も実際の年齢より年長に見られることがほとんどだが、それでもやはり大和の父親を演《えん》じるには若すぎる。

「嫌に決まってんだろ」

憮然と吐き捨てながらも、狩納が教室の白い扉を開いた。扉の上に掲《かか》げられた、三年二組という標《ひょう》札《さつ》に、綾瀬が瞳を丸く見開く。

「か、狩納さん、ここは……」

中学校の校舎ではないと言おうとして、綾瀬は言葉を詰まらせた。

すでに授業が始められているはずの教室からは、生《せい》徒《と》と教師《きょうし》のにぎやかな声があふれている。遅れて教室へ現れた狩納の長身を、戸口近くに立っていた保護者たちが、思わずといった仕種で仰ぎ見た。教室の鴨居《かもい》を煩わしそうに避けた狩納の姿に、女性たちが文字通り目を瞠る。

一斉に自分へと注がれた視線を不愉快に感じたのか、狩納が会釈もなく主婦《しゅふ》たちを見返した。その冷めた眼光に、綾瀬が咄嗟に腕を伸ばし、男のスーツの裾を握る。

狩納を窘めようなどと、大それた考えがあってのことではない。居並ぶ女性たちの視線に、男の影に隠れていた綾瀬こそが気圧されたからに他ならなかった。

彫りが深い狩納の容貌を、主婦たちが明らかに熱の籠もった視線で注視する。互いを肘で小突き合い、何事かを耳打ちする者たちもいた。

瞬時にして色めき立った主婦たちが、白くやさしげな綾瀬の容貌をも覗き込む。琥珀色の髪にも、線の細い体にも、男っぽいスーツが世辞《せじ》にも似合うとは言い難い。しかしその不似合いさが、清潔な綾瀬の肢体へ奇妙な色香《いろか》を添える様子に、主婦たちが溜め息をもらした。

「狩納さん、本当に、ここで……」

爪先立ちになり、男に囁いた綾瀬を見つめ、主婦たちが声にならない歓声を上げる。そんな保護者たちの浮き足立った気配を敏感に察したのだろう。机に向かっていた生徒たちも、我慢できない様子で後方を振り返った。

「ねえ、あれ誰のお父さん？」

狩納を見上げ、ぱっと頬を染めた女の子が、隣に座る男の子を揺する。揺すられた男の子は、身を乗り出すように綾瀬を振り返ったきり、ぽかんと口を開けた。

生徒、などと呼べる年齢ではない。児童《じどう》と、そう呼ぶべきなのだろう。

見るからに小柄な子供たちが、好奇心《こうきしん》を剥き出しにして狩納を、そして綾瀬を見ていた。

「嘘……」

意図せず、低い声がもれる。すでに授業どころではなくなり始めた教室の中央に、一際大柄な背中が見えた。教室の騒ぎを楽しむように、胸を聳《そび》やかした児童が振り返る。

「や、大和君……」

授業中であることを忘れ、綾瀬の唇から大きな声がもれた。

間違いなかった。小柄な生徒ばかりが犇《ひし》めく教室のなかで、大和の体だけが際立って大きい。小学校中学年向けの机と椅子では、窮屈《きゅうくつ》そうに感じるほどだ。

呆気にとられ、綾瀬が狩納と大和とを見比べる。

「なんで北がいるんだ！　俺は綾瀬しか呼んでねーぞ！」

綾瀬の傍らに立つ狩納を見上げ、大和が大きな声を上げた。狩納が大和の関係者であることを知り、生徒と保護者との間に新しいどよめきが走る。

教諭《きょうゆ》が制止《せいし》しようにも、授業どころではない。

「黙って授業受けてろ。バカ」

腕を組み吐き捨てた狩納に、大和が唇を引き結ぶ。

「や、大和君って、…小学生だったんですか…？」

狩納のスーツを摑んだまま、綾瀬はふるえそうな声で呟いた。確かに小学生なら、狩納が父親と言って、通用しなくはない。そんな自分の想像に、綾瀬は更に目を剝いた。

「大和君。あの人たち、誰…お父さん？」

興味津々《きょうみしんしん》といった子供たちが、身を乗り出して大和へ尋ねる。保護者たちでさえ、この見目華《はな》やかな男たちの正体に耳をそばだてた。

これ以上なく自慢気に、大和がにっと笑って鼻を突き上げる。

「デカイ方は俺の部下だ」

誇らしげに言い放った大和に、子供たちからおお、と歓声がもれた。露骨に渋面を作った狩納が、

奥歯を噛みしめる。

「なんだと…」

これ以上、子供の戯言《たわごと》につき合っていられるか。戸惑う綾瀬の腕を振り払おうとした狩納に、大和がにっと唇の端を吊り上げた。

「それと、もう一人は俺の嫁《よめ》だ」

はっきりと投げられた声に、綾瀬がこぼれそうなほど大きく瞳を見開く。輝く児童たちの瞳が、一斉に自分へと注がれた。

「……お、俺のこと？」

思わず、裏返った声音がもれる。驚きの目で注視していた保護者からも、どよめきが起った。

「この前も言っただろ。お前は暴力金融屋の愛人は向いてねえ。喜べ。俺の正妻《せいさい》にしてやる」

胸を張った大和が男らしく頷く。再び上がった歓声も、立ち尽くす綾瀬の耳には届かなかった。

隣に立つ男の影が、ふらりと揺れる。はっと我に返った時には、すでに遅い。

拳を固めた男が、無言のまま大和へ歩み寄り、その襟首を掴み上げていた。子供といえども、男に容赦のないことは明白だ。

「やめて、狩納さん！」

振り絞った悲鳴が。

鈍い拳の音と共に教室へ響いた。

特別インタビュー

祇園の人物つれづれ草

祇園《ぎおん》・皆様、お待たせしました!! 有閑近代《ゆうかんきんだい》『人物つれづれ草』、今回の気になるゲストは金融会社経営の狩納北氏《かのうそむく》とアルバイトの綾瀬雪弥《あやせゆきや》君です。お話を伺いますんは、出番はないけどいつでも元気!(涙)祇園寅之介《とらのすけ》です♥ 本日はえらい忙しいとこすんませんなあ。狩納兄さんはこの若さにしてごっつ優秀な経営者やけど、経営者としての座右《ざゆう》の銘《めい》っちゅうもんはありますか?

狩納・客も従業員も、生かさず殺さず。これに限るな。

綾瀬・い、生かさず殺さず…?

祇園・まあまあ。それより綾ちゃんは狩納兄さんの事務所でバイト中やけど、主な仕事内容と、綾ちゃんの目ぇから見た、経営者としての狩納兄さんの印象聞かせてんか。

綾瀬・…あ、あの、俺……。

狩納・こいつ最近、突然バイト辞《や》めたいとか言い出してよ。

祇園・ええっ⁉ ほんま綾ちゃん? のっけから大波乱やないの。やっぱ社長のセクハラが原因?

(狩納にごつりと殴られる)

綾瀬・あ、い、いいえ…っ。そういうんじゃなくて…。

狩納・俺としては、大事なアルバイトがいなくなるんで、どうやって代わりを見つけるか、結構困ってるんだけどな。綾瀬。お前本当に辞めちまう気か?

綾瀬・………!

祇園・(なんか最近、綾ちゃんの操縦方法を心得てきましたな。狩納兄さん)

狩納・なんだ祇園、その物言いたげな目は。

綾瀬・ほ、本当ですか？　俺、もう一度雇《やと》ってもらえるんですかっ？

狩納・お前とお前の労働条件次第だな。

綾瀬・お願いします…！　俺、久芳さんたちみたいには役に立てないけど、今まで以上に頑張りますから、よろしくお願いしますっ。

祇園・（綾ちゃんマジかいなー。やめときやめとき、こんな鬼の下で働くなんて。信じやすいんも考えもんやなー）

狩納・そうか、じゃあ今まで以上によろしく頼むぜ。色々な。

祇園・なんかまー、思うところはぎょーさんあるけどまあええか（合掌《がっしょう》）。ほな、話を戻して、綾ちゃんのお仕事内容を教えてもらおか。

綾瀬・えっと、今までさせて頂いていた主なものは、取引先のお客さんのリストを制作したり、書類を綴《と》じるファイルを作ったり、整理したり…。色々、やらせて頂いています。経営者としての狩納さんの印象は…ですね、ええと、事務所歩くのとかも、すごく早くて、なんて言うか、一《いち》聞く間に、十の仕事が終ってるみたいな……、ああ、駄目だな、やっぱり俺。上手く喋れないから…。

祇園・まぁそない緊張せんと。ほな、次の質問。綾ちゃんは、狩納兄さんと共同生活してるわけやけど、今までで一番印象的やったことってなに？

狩納・なに聞いてやがんだ、お前。

祇園・しゃーないやん。『様々な環境にある人物に、仕事からプライベートまで語ってもらい、読者さんに紹介する』っちゅー趣旨《しゅし》のコーナーなんやもん～♥　なあ、他にもお互いの意外な一面や逸話《いつわ》もあったら教えて。

綾瀬・…これ、って、今すぐ一つ挙げて言うのは難しいんだけど…。なにもかも、俺が今まで暮らしてたのとは、本当に別世界なんだな、って。

祇園・どういうとこが？

綾瀬・本当に、色々…。時々、狩納さんが帰ってるのに気づかずに、台所とか入って鉢合《はちあ》わせたりすると、今でもびっくりするんです。ああ、俺一人で暮らしてるんじゃないんだな、とか…。

祇園・（小声で狩納を小突《こづ》く）そない難しい顔せんと。綾ちゃんにとっては、狩納兄さんの全てが印象的やと。兄さんが印象に残ったことは？

狩納・…俺は、こいつ（綾瀬を顎で示す）が、事務所でゴキブリ仕留《しと》めた時には驚いたな。

祇園・ななな、なんと！　綾ちゃんがゴキブリを!?

綾瀬・え？　だって、退治しないと。アパートにいた時は古かったから、時々出たりしたんですよね。

狩納・結構男らしかったぜ？（笑）

祇園・繁華街近いと、どうしても出ますからなあ。それをスリッパかなんかで、バシッと？

綾瀬・スリッパよりも、食器用の洗剤が効くんですよ。安いし、スプレーみたいに煙《けむり》出ないし。結構強力ですよ（真剣）。

祇園・ちょろちょろ〜とかけんの？　洗剤を？　…まぁ、綾ちゃんっぽい武器やわな。そんな男らしい（？）綾ちゃんが、家事を担当してるみたいやけど、得意料理はなに？　狩納兄さんの好きなメニューとか、嫌いなやつとかあんの？

綾瀬・なんでも食べてくれますよ。狩納さんは。魚も、お肉も…。気をつけるのは、量とかかな。嫌いなものは、甘いものくらいじゃないですか。

狩納・こいつ天麩羅《てんぷら》揚げるのも上手いんだぜ。そういやこの前作ってくれた肉まんも美味《うま》かったな。あと、中華ちまきな。

綾瀬・そうですか？　また豚肉が安かったら作りますね。

祇園・ええなあ、綾ちゃんの手料理！　羨ましい〜っ。そんな幸せ者な狩納兄さんは、かなりのヘビースモーカーやけど、一日にどれくらい吸いはるんですか？　愛用してはる煙草《たばこ》の銘柄《めいがら》は？　あと、煙草以外にもなにか愛用品とかあったら教えてください。

狩納・日によって違うけどな。まあ大体一日に一箱は確実ってとこか。銘柄は気にしねえなあ。他は、これがねえと困るってもんもあんまりねえか。

祇園・相変わらず無頓着やね、兄さん。煙やったらなんでもええっちゅうわけでんな。なんやったら今度排ガスでも…（笑）。

（狩納にごつりと殴られる）

祇園・いでで…。ぼ、暴力反対。因《ちな》みにもらい煙草が得意なぎょんちゃんが自分で買う煙草の銘柄は「わかば」です。牧歌的《ぼっかてき》なパッケージが魅力やねん。

狩納・つーか、金ねえって素直に言えよ。

祇園・「わかば」を笑う者は、「わかば」に泣く！ 綾ちゃん、こんな暴君な兄さんと一緒に暮らすの、しんどない？ 二人って八歳違いやっけ？ 結構ジェネレーションギャップとかもあるやろうし。

狩納・なにが言いてえんだ。（祇園を睨み下ろす）

祇園・ま、まあジェネレーションナントカの話はええわ。子供時代の話よ。綾ちゃんは、そらもう可愛かったんやろなぁ、誰かと違うて…（狩納を見て、慌てて咳払いをする）。ええと、子供の頃にいたずらをして叱られた思い出ってあります？

綾瀬・あ…。結構恥ずかしいのが、あるかも。

祇園・なになに？ どんな恥ずかしいこと？

綾瀬・あの…本当に、恥ずかしいんだけど…（笑）。幼稚園のころかな。誕生日、覚えててほしくて、カレンダーにクレヨンで丸つけたんですよ。でも、やっぱりあからさまだったかなって、恥ずかしくなって。それで、他の日にちにも丸つけてクレヨンで塗ってたら、お母さんに落書きしちゃだめよ、って叱られちゃったんです。（結構嬉しそう）

祇園・あかん。なんか泣けてきた。ええ話やなあ。

綾瀬・そ、そうですか？

狩納・（綾瀬の肩を引き寄せるように腕を伸ばし）いたずらって言っても、子供だけの専売特許じゃねえだろ？

祇園・（がばっと起きあがり）ほお、大人のいたずら!!　そら楽しそうやなあ♥　やっぱり相手は恋人で？

狩納・可愛い尻してやがるからな。いじってやんねーとかわいそうだろ。

祇園・例えば例えば？

綾瀬・狩……。

狩納・扉の向こうに、他の従業員がいるの解《わか》ってて、下だけ剥《む》いて舐《な》めてやるとかよ。

祇園・そら刺激的やね。抵抗とかされへんのですか。

狩納・まあな。一昨日だったか、あんまり可愛い憎まれ口ばっかり叩《たた》きやがるから、尻に珠《ビーズ》入れたまま買い物に連れ出してやったら…。

祇園・連れ出したらっ!?

綾瀬・ちょ……。（抗議しようとした肩を引き寄せられ、声を詰まらせる）

狩納・泣きそうな顔して俺のスーツの裾《すそ》、握ってきやがるんだ。顔真っ赤にして。泣き入れりゃあいいのに、ずっと唇噛んで堪《こら》えてんだぜ。周りにバレねえように、腰撫でてやるだけで声上げそうになるのに、強情なヤツだろ？

祇園・かーっ！　羨ましいっ!!　兄さん、今度ビデオ撮らしてえな！

狩納・高価《たけ》えって言ってんだろ。

祇園・もうなんぼでも積みますわ！（兄さんから借りてっ）。こんな社長がおると、事務所でうかうか仕事もしてられませんな。それでも仕事を続けようなんて、綾ちゃん、なんちゅう健気《けなげ》な子なんやろ。

綾瀬・お、俺はただのバイトで、そ、そんな変なことは……。

狩納・変だと？　俺の言うことを聞くのが、変だって言うのか？

綾瀬・ちょ…、ち、違…。そういう意味じゃ……、か、狩納さん、どこ触って……っ！

狩納・再雇用にするに当たって、勤務時間内は俺に絶対服従ってのは止めて、勤務時間外も俺に絶対服従って条件に変更だ。

綾瀬・な…！　そんなこといつ決め……、ぁ……。

狩納・今決めた。

祇園・えー、すっかりあてられてしもたけど、今回の『人物つれづれ草』はこのあたりで失礼さしてもらいます～。これからの時間はビデオ撮影に専念したいと思います。インタビューは私、祇園がお贈りいたしました。皆様どうもありがとうございました♥

狩納・誰が見せてやるって言ったよ。それに無料《ただ》で帰るつもりじゃねえだろうな。俺の話に見合うだけ置いてけよ。

特別インタビュー　祇園の人物つれづれ草

あとがき

祇園・ちはー！　この度は、『お金は貸さないっ』をお手に取って下さってありがとうございました！　『人物つれづれ草』に引き続き、ぎょんちゃんですっ。

染矢・つーか『つれづれ草』以外出番ないじゃない。それにしてもこの本、前の巻からおっそろしく間が空いてるから、覚えていて下さる方がいるか、不安よねえ。

祇園・ほんまやわ。篠崎も自分ののろまさ加減にうんざりしてるようやけど、今回もごっつ多方面にご迷惑をおかけしたらしいやん。綾ちゃんからもよう謝っといて。

綾瀬・こ、こんにちは。この度は長いご無沙汰にも拘わらず、この本をお手に取って下さってありがとうございました。ご感想など、是非是非お聞かせ下さい！

狩納・このシリーズの本を初めて手に取ったって奴がいたら、その内前の小説もリンクスロマンスから新装版が発行されるらしいから、この本とあわせてばんばん買えよ。

綾瀬・か、狩納さんっ。そんな言い方、失礼じゃないですか……。

狩納・篠崎が、昔の文章に悲鳴を上げながら手直ししてるらしいぞ。篠崎の無駄な努力の成果を見届けてやろうって奇特な奴も、本が出たら買ってくれ。

染矢・今回みたいに雑誌特集用ショートストーリーを掲載したり、色々企画だけはあるみたいね。詳しくは、実際発売された本を確かめて頂くことになるだろうけど。

久芳・うつくしい挿絵を描いて下さった、香坂透さんのコミックス版『お金がないっ1巻』も、二〇〇三年十月頃、幻冬舎コミックスさんから新装版が発売されるそうです。

綾瀬・表紙や口絵、本文にも描き下ろしがあるらしいすよ。俺も楽しみです。

狩納・結局広告ばっかしてんじゃねえか。

祇園・まあまあ兄さん。大事なことやから許してやって。お手紙とかアンケートとかも、よろしくお願いします。次の新書作ってもらえるかどうかも、アンケートとかの応援次第やし。是非是非お手紙書いてやってな!

染矢・どうしたの、綾ちゃん。なにきょろきょろ探してるの?

綾瀬・あ…、いえ。大和君、結局この対談には来なかったのかな、と思って。

狩納・どっかで沈没してんじゃねえの。

祇園・護衛艦がおらへんかったから? って、結局そういう意味なんすか?

久芳・篠崎は戦争は嫌いですが、あの船の外観にはたまらなくときめくそうです。

綾瀬・ち、沈没って、大変じゃないですかっ。探しに行かないと…。

狩納・ほっとけって。甘やかすんじゃねえよ、あんなガキ。それともお前、あいつのことが好きなのか?

綾瀬・なに言ってるんですか。大和君は狩納さんの大切な……。

狩納・むかついてきた。お前、大和大和煩《うるせ》えんだよ。
綾瀬・ち、ちょ…、ど、どこ触ってるんですかっ、狩納さんっ。
祇園・兄さんのええとこは、どこでも発情できるっちゅう点やな！　ほなええ感じの雲行きなんで、本日はこれにて！　再見ですわ！　ビデオビデオ…♥
染矢・男ってみんなばかよねぇ…。

この度はお手にとって下さって、本当にありがとうございました。三月に出して頂いた『学園人体錬金術』に続き、リンクスロマンスさんでは二冊目の新書となります。

発行にあたりご尽力下さった編集部の皆様。特に局長Kさまには、本当に本当にお世話になりました。泣き言が多い私でごめんなさい(涙)。そしてお忙しいなか、うつくしいイラストをつけて下さった香坂さん。「小説リンクス」での連載もお疲れ様です！

出版に携わって下さった全ての方々に心からの感謝を。そしてお読み下さった皆様にも、伏して御礼申し上げます。本当にありがとうございました。拙い本ではありますが、少しでも楽しんで頂ける部分があれば、これ以上の喜びはありません。一言でもご感想を頂けますと、本当に嬉しいです。自分の力不足に苦しむばかりの毎日ではありますが、機会を与えて頂いたことに感謝して、これからも頑張って参りたいと思います。それではまたどこかでお会いできれば、幸いです。

新宿金融伝

!!
?
こいつ…!!
北《そむく》の愛人
綾瀬雪弥《あやせゆきや》!!
——…なんか
写真で見るより
ちょっと…いやかなり
——めちゃくちゃ
可愛いぞ コイツ…!!
立ち去るタイミングを失っている
こんな大人しそうな
可愛い顔で
北とあんな事や
こんな事を——!!
——…
…?
……もう行ってもいい?
…あ、あの…
うるせえ
ちょっと
待ってろ!!

Presented By Tohru Kousaka

新宿金融伝

バタン
……
言われた通り待ってた
絶対 認めねえ…!! どうせ顔しか 取り柄のねえ奴に 決まってる…!
……
………
きっと性格なんか すっげー悪いに 決まって――
あの… もしかして どこか 具合が悪いんじゃ…?
そうやって俺も たらしこむ気だな てめえ――!!
5秒以内に 離れねえと 下水に流すぞ クソガキ。

Presented By Tohru Kousaka

初出
病気かもしれないっ――2002年 小説エクリプス10月号（桜桃書房）掲載
お金は貸さないっ――書き下ろし
特別インタビュー 祇園の人物つれづれ草――2001年 小説エクリプス12月号（桜桃書房）掲載

LYNX ROMANCE
お金《かね》がないっ
篠崎一夜 illust. 香坂透

新書判／898円
（本体価格855円）

従兄の借金のカタとして競売に掛けられた美貌の少年・綾瀬雪弥は、金融会社を経営する狩納北に買われた。二億もの巨大な借金はひとり身の綾瀬に返す術がなく、身体で返済することになる。何もかも奪われるような激しい陵辱に困惑と絶望を覚える綾瀬だったが、時折みせる狩納の優しさに安らぎを感じ始める。しかし、行方不明だった従兄からの電話がさらなる騒動に——!? お金がないっシリーズ第一弾。

LYNX ROMANCE
お金《かね》しかないっ
篠崎一夜 illust. 香坂透

新書判／898円
（本体価格855円）

金融会社を経営する狩納北に買われた美貌の少年・綾瀬雪弥は、返済のために狩納の元で身体を差し出す日々を送っていた。そんなある日、綾瀬は再び大学へ通うことを許される。狩納の好意に喜ぶ綾瀬だったが、以前住んでいた綾瀬のアパートに変質的な手紙が届いていたことを知る。正体の分からない相手に怯える綾瀬に、大学でも学友の魔の手が迫り——!? お金がないっシリーズ第二弾。

LYNX ROMANCE
お金《かね》じゃ買《か》えないっ
篠崎一夜 illust. 香坂透

新書判／898円
（本体価格855円）

冷酷と評される狩納北は、競売にかけられた美貌の少年・綾瀬雪弥を救い、家に住まわせていた。借金返済のため、身体を売る行為を強いる自分に気を許そうとしない綾瀬。うまく想いを伝えられないことに苛立ちをつのらせる狩納は、ある日、染矢と綾瀬が談笑しているところを見て、嫉妬心から綾瀬を乱暴に抱いてしまう。あまりにも粗暴な行為に綾瀬は姿を消してしまい——!? お金がないっシリーズ第三弾。

LYNX ROMANCE
お金《かね》がたりないっ
篠崎一夜 illust. 香坂透

新書判／898円
（本体価格855円）

狩納から巨大な借金をしていながら、高額の洋服を買い与えられ戸惑う綾瀬。しかし、外出を許され不自由のない環境を与えられている綾瀬は、感謝の気持ちから狩納へプレゼントを贈ろうと思うのだったが、お金が無かった!? 綾瀬が狩納のためにお金を集めるハートフルラブストーリー!
綾瀬の元に石井鉄夫の母がやってくる「仕方がない?」も同時収録!

お金は貸さないっ
篠崎一夜

お金じゃないっ
篠崎一夜

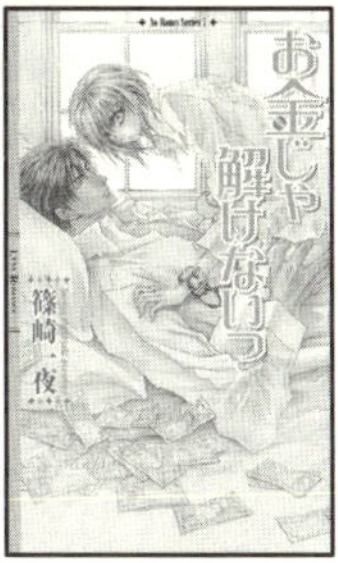
お金じゃ解けないっ
篠崎一夜

学園人体錬金術
篠崎一夜

LYNX COLLECTION

お金《かね》がないっ 1

香坂透 原作/篠崎一夜

B6判 コミックス/620円
(本体価格590円)

金融業を営む狩納北は、借金のカタに競売にかけられた美しい少年・綾瀬雪弥を競り落とし助け出した。それはかつて彼に狩納が救われたからだったが…。危険な男・狩納北の視点から描いた不器用なラブストーリー。

LYNX COLLECTION

お金《かね》がないっ 2

香坂透 原作/篠崎一夜

B6判 コミックス/620円
(本体価格590円)

従兄の借金のカタに競りにかけられた綾瀬は、金融会社を経営する狩納に競り落とされた。借金返済のため身体を売らなければならない綾瀬は、苦悩する日々を送るのだったが、ある日、何者かに綾瀬は連れ去られてしまい——!?

LYNX COLLECTION

お金《かね》がないっ 3

香坂透 原作/篠崎一夜

B6判 コミックス/620円
(本体価格590円)

金融業を営む狩納に買われ、返済のため抱かれる日々を送っていた綾瀬だったが、大学に通うことを許され復学する。しかし、綾瀬の元に不審な手紙が届き始める。その上、以前住んでいた部屋には盗聴器が仕掛けられていて——!?

LYNX COLLECTION

お金《かね》がないっ 4

香坂透　原作／篠崎一夜

B6判 コミックス／620円
(本体価格590円)

大学で飯田に襲われたことを言えず、綾瀬は狩納の逆鱗に触れてしまう。後悔する綾瀬だったが、そんな中、学友の時川から飯田が助けを求めていることを知らされる。綾瀬は狩納の許可を得て、飯田の元へ向かおうとするのだが、何者かに捕らわれてしまい——!?

LYNX COLLECTION

お金《かね》がないっ 5

香坂透　原作／篠崎一夜

B6判 コミックス／620円
(本体価格590円)

多額の借金を抱えながら養われることを、心苦しく思っていた綾瀬は、ようやくアルバイトを許可され、染矢の店で働き始める。しかし、そこはオカマバー。厨房の手伝いとはいえ、綾瀬にとっては驚きの出来事ばかりで——!?

LYNX COLLECTION

お金《かね》がないっ 6

香坂透　原作／篠崎一夜

B6判 コミックス／620円
(本体価格590円)

染矢の経営するオカマバーで、厨房手伝いのアルバイトを始めた綾瀬は、人手不足のために急遽フロアで接客するはめに。そこへ染矢に恨みをもつ客が訪れ、綾瀬は乱暴されそうになる。しかし狩納が助けに現れ、さらなる波乱が…!?

この本を読んでのご意見・ご感想をお寄せ下さい。

〒151-0051
東京都渋谷区千駄ヶ谷4-9-7
(株)幻冬舎コミックス　小説リンクス編集部
「篠崎一夜《しのざきひとよ》先生」係／「香坂 透《こうさかとおる》先生」係

リンクス ロマンス

お金は貸さないっ

2003年 8 月30日　第1刷発行
2007年11月20日　第7刷発行

著者……………篠崎一夜《しのざきひとよ》
発行人…………伊藤嘉彦
発行元…………株式会社　幻冬舎コミックス
〒151-0051　東京都渋谷区千駄ヶ谷4-9-7
TEL 03-5411-6434（編集）
発売元…………株式会社　幻冬舎
〒151-0051　東京都渋谷区千駄ヶ谷4-9-7
TEL 03-5411-6222（営業）
振替00120-8-767643
印刷・製本所…図書印刷株式会社
検印廃止

ISBN4-344-80276-4 C0293
Printed in Japan

幻冬舎コミックスホームページ　http://www.gentosha-comics.net